安達としまむら SS2

入間人間

ていえんとえいえんのししゃ

並ぶように置かれたベンチには誰も座っていなかった。

公園から少し離れた散歩道の脇に大きな樹が何本も並んでいて、どれも満開の花で頭が重そうだった。見上げながら、その花の名前を呼吸のように、ゆっくり思い出す。

ベンチの上にはらはらと落ちる花びらを軽く払い、真ん中より少し右に座る。

隣に、誰かが座るのを待つように。

腰かけて景色を見回すと、緑浴の中にあった。管理が行き届いているのか、樹の高さや足下の草の背丈が揃っている。自然を配置する、というある種の美しい矛盾に整えられた空間。

庭園のようでもあった。

音もなく降ってくる花びらを眺めていると、目の端がぼんやり滲んで眠気を催す。抗いがたく、目を閉じる。耳を緩やかに塞がれて、溶けたみたいに意識が形を保てなくなった。

なにかを思い出しては、また眠り。なにかを忘れては、また少しだけ起きて微睡み。

そうして。

緩やかに、永遠に続くような眠りがいつまで続いていたのか。

それを途切れさせたのは、ぺったぺったというやや間の抜けた足音。程よく緩い瞼が上がる。

その隙間から様子を覗くと、変な生物が隣のベンチにやってきていた。小さな……鯨？　自信ないけど、鯨の着ぐるみを着た女の子だった。よじよじとベンチに上って、地面に届かない足をぷらぷらさせながら、顔を上げてこちらを向いた。

「ふふふ、こんにちは」

「こんにちは……」

話しかけられたことに少し驚きながら挨拶を返す。髪が水色の、妙な……見覚えが、あった気がした。知り合いみたいに声をかけてきたから、もしかすると私が忘れているだけかもしれない。

鯨は背中に小さなウクレレを背負っている。年季が入っているのか、大分塗装が剝げていた。

「誰かを待っているのですかな？」

鯨の子が世間話のように振りながら、私の瞳を覗き込んでくる。見つめ返したその目は表面が流動して、星雲を描き、中央の暗黒にすべてが吸い込まれては次の宇宙を現出させていた。

「誰か……うん、そうかも」

言われると、そんな気もした。ここを選んで座って、じっとなにかを待っていた。

少なくともそれはこの鯨の子ではない。誰だったかなと思い、でも待っていることを思い出したら会いたいという気持ちがわぁっと、熱い花みたいに胸に咲く。

姿形や名前を忘れてしまっても、その気持ちだけは消えていないみたいだ。

「すぐにまた会いたいような……でもすぐ来てしまったら悲しいような……」

「ほぅほぅ」

なぜ、出会うことに悲しさが伴うのだろう。そしてなぜ別れてしまったのか。

そもそもここは、どこだろう。

私もまた、鯨のようだった。陸に上がって、とても近くて遠くて、遠い海をじっと見つめている。その海に帰りたいのか、それともまた別のなにかが陸に上がってくるのを期待しているのか。望郷に似た切望が、行き先を見失ってただ泣いている。

相反する感情の正体は、そこにあるのかもしれない。

「ここに座っていると……その会いたい人の隣に、たまに行けるような……そんな気がする」

光と日陰の境界に座り込んでいる。そんな実感が背中を伝っていた。

「それがとても嬉しいような……寂しいような……銀色の、冷たいものに触れているみたいな感じ」

どこまでも曖昧な感覚の上を、指が撫でていく。

空気と花びらと同様に、私もまたぼんやりとしたものに包まれている。

穏やかで、丸い手触りの……眠気にとても似たものが、ずっと側に、空中に、足元に……すべてに、それが宿っていた。こんなに暖かく、滲むような光の中でも。

「ふふふ、大体わかりましたぞ」

「ほんとぉ？」

見た目からして怪しい生き物は、発言も軽々しい。

そんな生き物の隣に、いつの間にかぬいぐるみが並んでいた。その中の一つに目が行く。

見覚えのある、象のぬいぐるみだった。

「それ……」

もどかしさが舌の上で回り、言葉が続かない。

「どうぞ」

鯨の子がぬいぐるみを渡してくれる。まるで最初から、私のものであったように。

受け取ったぬいぐるみを手に取り、少し持ち上げて眺めていると胸の底に不思議なものが宿る。穴が開いてそこに冷たい風が吹き込むような、郷愁と寂しさだった。

「持っていきますか？」

一瞬、そうする、と返事をしかけて。

でも。

「……ううん、持ってて。上手(うま)く持ち運べない気がするから」

「そーですか。では、お預かりしておきましょう」

象のぬいぐるみを返すと、鯨の子が他のぬいぐるみも大事そうに片付けてしまう。

アザラシとセイウチのぬいぐるみだろうか。しゅっと鯨の着ぐるみの中に消えてしまう。

魔法のような手つきだった。

「なんにせよ、出て来てくれて助かりました。わたしが直接入るわけにもいきませんからな」

「……んん？」

ぽろろん、と鯨の子がヒレで器用にウクレレの弦を弾く。

前にもどこかで聴いたような音色だった。

ぴょん、とベンチから跳ねて鯨の子が降り立つ。鯨なのに当たり前に二足歩行している。

陸に上がろうともなににも囚われないように。

結局、なにをしに来たのか。首を傾げていると、鯨の子が察したように答えた。

「先に探しに来たのです。場所が分からないと案内できませんからな」

「案内……」

誰を、と聞く前に鯨の子がぺったぺったと走り出す。

「ではさよーなら。大丈夫、また会えますぞ」

尾ひれを振って、鯨の子が道なりに走っていってしまった。

また会える。言い残したその言葉に、そっか、と不思議に納得する。

ここでいいんだという、確信。

いつの間にか空が夜に切り替わっていて、空気が少し沈んだように思える。花びらは日が沈もうとも絶えることなく、暗闇を乗せて宙を舞っていた。その花びらが道を譲るように左右に分かれて、夜空に浮かぶものを私に差し出す。
今にも流れる雲に隠れそうな、淡く脆(もろ)く美しい光。
見つめていると、忘れてはいけないことを次々に思い出せる。
その中に、なによりも大事な、彼女の名前もあった。
私は彼女を待っている。ずっと、この庭園のような場所で、眠りながら。
待ちわびている、いつまでも。

「…………………………あは」

また、出会える。
やはりそこには嬉(うれ)しいような、寂しいような……銀色の気持ちが芽生えるのだった。

宇宙に照らされる太陽　コーラルレッド

『ぐりぐり花丸』

小走りにリビングと寝室を行き来するのは概ね自分のせいなのだけど、その忙しい朝方にもつい、壁掛けカレンダーの前で足を止めてしまう。近所のお米屋で貰ったカレンダーの花丸はわたしが植えたのではなく、同居人が咲かせたものだ。よほど手塩にかけて育てたのかお花の立派なこと。生命の力強さを描くような筆圧だ。真っ黒な大輪の花というのもなかなか趣があり、安達らしさがあるのではないかと思う。らしさってなんだろうと聞かれると困るけど。

花の咲く日付は四月十日。わたしの誕生日だった。

なぜかわたしの誕生日は忘れられることが多かった。忘れられるってどういうことよと思うけど、なんとなく過ぎ去る傾向にあったのだ、不思議なことに。あの安達でさえ、わたしの誕生日当日に慌てて気づいたときもある。でもこれなら、誰も見逃さないだろう。

安達がなにを用意しているのか、想像するだけでもクラッカーの紙吹雪が目の前にちらつく。

あと花丸の隅っこに、わたしもですぞと小さく付け足してある。機械で記したような字面でヤシロの字だと分かる。ていうか文章でも分かる。わたしの知り合いにですぞは一人しかいない。そして更に小さく、しまむら誕生日と書いてあるので四月十日に余白はなかった。

自分の誕生日が、ぎゅうぎゅう詰めになっている。

それだけで今の幸せを描いている気がした。

わたしの誕生日と書いたのは安達だ。

安達の中ではずっと、『しまむら』なんだなぁと実感する。

そのひらがなに不思議と、じんわり温かいものを覚えるのはなぜだろう。

「そんな大したものは出てこないよ……？」

出社前の安達が後ろを通るついでに予防線を張ってきた。

「やだなぁ、そんなに圧をかけてるつもりはないよ」

せかせかと安達が用意を進めながら、会話を続ける。

「しまむら、カレンダーの前通る度にじっと見てるから……」

「え、そう？」

自分の誕生日をそんなに意識しているとか、少し気恥ずかしくなる。

「花丸がつい目に入るから安達画伯の絵画を堪能してるの」

安達が出来栄えに照れるように淡く口元と頰を緩める。そういう仕草、上手くなったなぁと最近密かに感心している。安達は年齢と共にちゃんと大人としての情緒が育っているのを感じる。わたしは、高校生くらいからなにが変わったのか実感がない。

つまりなにも変わっていないのかもしれない。

「あ、誕生日はチャイナドレス禁止ね」

「えっ」

通り過ぎようとした安達が固まる。やはり、と予想の的中に笑う。

「あれはクリスマス用だから」

「そうだったんだ」

「そうなんですよ」

たまにクリスマス以外でも着る気がしたけど、それはそれ。

安達が非常口のピクトグラムみたいなポーズで固まって、首が段々傾いていく。

考えすぎて足を止めるわけにはいかない安達が、そう言い残して玄関から出ていった。

「ん……なんか、他の服考えとく」

「別に特別な衣装を着てくれなくてもいいんだけど……」

わたしの誕生日は仮装大会ではない。

でも見てみたいし、いいか。それから、わたしもいつまでもカレンダーを眺めている場合ではないことを思い出す。玄関に大股の駆け足で向かって、寝坊分を取り返そうと宙を蹴った。

安達が時間ぎりぎりまでわたしを寝かせようと甘やかすので、いつまでも慌ただしい。

でもわたしに優しい安達がいいんだなぁと思っちゃうのだった。

で、遂にお誕生日当日。

朝は特に代わり映えなくおめでとうと祝われるだけだった。

紙吹雪はまだ頭にかからない。

「今日は私より遅くに帰ってきてくれると……助かるかも」

「仕事が早く終わったら意味もなくウロウロして時間を潰してこいということですね」

「いやでも……やっぱり……いや、でも……」

険しい表情で腕組みしていると、安達の母親を彷彿とさせた。それほど葛藤する誕生日の準備ってなんだろう。家に入ったら花火百連発に見舞われるくらいは覚悟しておいていいのかもしれない。

安達がどんな格好をするのかという想像で仕事を乗り切って、暗闇が沈みきる前に家の近くまで帰ってくる。夕暮れの太陽が夜に呑まれつつあって、見上げていても目に痛くない。体育館で弾むバスケットボールをなんとなく思い出した。

『もう帰っていい？』

『あとちょっとだけ待って』

「はいよー」

公園の方へ足を向ける。花に包まれるようなベンチを一瞥しながら砂場を歩いていると、いつの間にか足音が二つになっていることに気づく。知っている気配と足音だった。

振り向いて下に目をやると、遅れて目が合う。

「おお、しまむらさんではありませんか」

「後ろにくっついてきて驚くのはなんなのあんた」

今日は羊の格好だった。モコモコしていてなかなか可愛らしい。

そして最近のお気に入りのウクレレを背負っている。

「いいの？　今日は家でご馳走だったりしない？」

「ふふふ、ご安心を。晩ご飯までには帰りますぞ」

うちから実家までの距離を、どうやって晩ご飯までに帰っているのやら。

「……ま、それまで一緒に暇潰してようか」

はーい、と挙手する羊を連れて公園のブランコに二人で座る。本人がキラキラしているから、夜は街灯代わりになって便利だなと横目で眺める。モコモコ、ほわほわでなんの悩みもなさそうな羊がブランコを漕いでいる様子は、絵本の世界のようだった。

二人で前後にぶらぶらしていると、ヤシロが粒子を振りまいて軌跡を描きながら言う。

「お誕生日おめでとーですぞしまむらさん」

「あんたもね」

お互いを祝う。それから、ああ、わたし歳を一つ取ったんだなとやっと湧いてきた。

同じ誕生日のヤシロがまったくなにも変わらないから……そこを中心に、実感する。

一歩、足が前へ進んだことを。一歩分、背中を押されたことを。

「今日はしょーさんがお祝いしてくれるそうです」

「ふぅん、いいじゃん」

妹とヤシロが今でもずっと仲がいいことが、なんとなく嬉しい。

変わらないものは、ときどき、心を満たしてくれるのだ。

ブランコを大きく漕ぐ。大人の身体も、ブランコはちゃんと支えてくれた。

「わたしのとこは安達がなにか用意してくれるんだってさ」

「ほほーぅ。それはわくわくですね」

「ですな」

二人でわくわくしていることを示すように、ブランコを揺らして遊んだ。

それから、しばらくして。

「おっと、そろそろ晩ご飯のようです」

ブランコから飛び立った羊が囲いの鉄柵も飛び越えて、途中で魔法の絨毯みたいに水平にふよーっと波打ちながら砂場の上に着地する。気軽に世界新記録でも出していそうな跳躍だった。ではさようならーと別れようとするヤシロに言っておく。

「ケーキあるから明日おいで」

「わー」

羊というよりお猿みたいに喜んで走り回ってから、その姿を公園の夜の向こうに消していった。きっともう、実家に着いているのだろう。なに言ってるか分からないかもしれないけど、そういうものなのだ。

そして、わたしの電話も震える。

『どうぞ』

どうも。

ブランコを漕いで溜まったワクワクを両腕で振って、帰路に就いた。

で、で。

で。

「……わ」

うわ、ではない。でも言いかけた。

玄関を開けてすぐに出迎えてくれた安達は、タイムマシンに乗ってきた。

思わず硬直する。

制服だった。懐かしの、高校の制服を着た安達だった。

本人は額に早くも汗を浮かべながら目を白黒させて、スカートを引っ張っている。

「わぁ……」

言葉を失いながらその全身を上下くまなく確かめる。ヘアピンをつけて、髪型まで昔の安達に寄せていた。ブレザーに、胸元のリボン。思い出が落涙でもしそうなくらいの懐古を呼び起こす、完璧な仕上がりだった。

「なんか、荷造りした中に入っていた、から」

「……物持ちいいねぇ」

入っていたから着ておもてなししようと考える安達の思考に、笑みが止まらない。

そうでないと、安達は。

「ちょっと無理すれば、着れないこともなかった、から」

流石のアダルト安達も赤面が抑えきれないし、発言がたどたどしい。いやアダルトだからなのか。ほーぅと周りをうろついて様々な角度から制服姿を鑑賞する。愛しさと切なさと心強さが見えてきそうだった。安達本人は心強さどころかバリンガチャンと心のガラスをハンマーで砕かれ続けているみたいだけど。

「うん、現役女子高生でも全然通じそう」

これくらいの大人びた女子高生ならいくらでもいそうだった。なにより、美人。美人なら大抵の格好は許容される。当時の安達とはまた違う味が深まっていて、いや、こういうのもいいな。ハオ、ジェンハオ。意味とか読み方が合っているのか分からない賞賛まで並べてしまう。

あと最近の安達はスカートを穿かないので、久しぶりに見ると……ハオだった。

「初心を、忘れないように、みたいなね」

なねねえへへ、とぎこちなく笑ってごまかそうとする安達まで昔に帰ったようだった。

初心。わたしと安達が出会った頃。確かに決して忘れてはいけないものだ。

ということで。

「写真撮っていい？」

撮影許可を求めると、「きょへっ」と奇声をあげて顔を真っ青にした安達が逃げ出す。

「逃げるなー、戦えー」

靴を脱ぎ捨てて追いかける。思いの外全力で走った安達が視界から消えて、リビングに飛び込んでも見当たらない。寝室の方で音がしたのでそっちへ走る。まずはベッドの中に手を入れる。

「む、布団は別に温かくない」

遊んでから、音の発生源と思しきクローゼットをノックする。入ってますよとせっかちな速いノックを返された。強めにノックする。反応がなくなったので、どうしようかなとクローゼットの前に陣取って悩む。

「写真撮影はＮＧ？」

「ぜぜぜぜ」

絶対駄目らしい。仕方ない、諦めよう。

「撮らないから出ておいで」

半信半疑といった様子の安達がクローゼットから顔を覗かせる。手招きすると、やはりチェック柄のスカートを引っ張って脚を隠しながら安達が出てきた。

そんな安達に、にこっと願う。

「誕生日の定番になるといいね」

「い、いやいやいや」

ヘアピンが飛びそうなくらい激しく頭を振る。

「二度と着ないよ、二度と。フォーエバー」

「えー」

「む、無理。だって来年は……私も、歳が増えているし」

「だから見たいのに」

正直、四十歳になった安達が制服を着たとしても、それはそれでになりそうだった。

「誕生日に安達の制服姿が見られると思ったらわたしは、いくらでも生きていける気がする」

寿命をチラチラさせる卑怯な作戦を取ると、巣穴から外敵を覗くような調子で、安達もチラチラしてくる。もう少し駆け引きすれば伝統にできそうだ。冬のチャイナドレスに、春の制服。

二人だけの行事が増えていくのは、そう、悪くない。

それはかつて、安達が求めたものであった気がした。

そういうことにして制服を押していく。

「まぁ、これからの安達ちゃんの制服ライフはさておいて」

昔、プレゼントしたヘアピンに触れる。その手を見上げる潤んだ瞳がシャボン玉のようだった。ああ、それそれ、と自分を満たす強いものが胸を痛めるくらいに大挙してきて。

わたしの望むものがそこにあった。それだけあればよかった。

満足だ。

「楽しいよ、ありがと安達」

いつだってその突飛な発想と行動力に、わたしは手を引かれている。

見たことのない場所へ連れて行ってくれる。行こうと思える。

だからわたしは、こんなにも笑っているのだろう。

『指先の砂粒』

わたしには思い出を並べる才能がないのかもしれない、と眺めていて思う。

滑らかさがなく、デコボコに感じる。調和というものが欠けていそうだった。これまでの旅行の記念品を飾る小さな棚を置いて並べていくと、リビングの隅を思いの外占拠してしまった。

置物はともかく、現地で買ったシャツは畳んで置かなくてもいいかもしれない。しかしシャツを引っ込めたところでパッとしない展示物に見えることは変わりない。なにが必要だろう。

近くで眺めたり、引いて観察したりとリビングをあちこち移動する。

「……解説でも置いてみるか」

棚の手前に紹介があれば、それっぽくなりそうだった。

使えそうな紙を探すと、日常生活で紙を使う機会って今となってはそこまでないなと気づかされる。メモだって電子的なもので事足りる。実家の母親は、今でもお買い物メモを切ったチラシの裏に書いているのだろうか。

色々探した結果、鞄の中に会社の名前が入ったメモ帳を見つけた。いつか貰ってそのまま鞄に入れっぱなしだったみたいだ。多少縒れて皺になっているけど、使える使えると必要な枚数を用意する。次にペンを探すと日常生活で以下略。ボールペンも貰いものがあった。

棚に取りあえず陳列した思い出の品々を机に移して、一つずつ名前でもつけるようにどの旅行の記念の品かを記していく。流石にそこはちゃんと覚えているなぁとしみじみする。

「なに作ってるの？」

ベッドのシーツを交換し終えた安達がわたしの手元を覗き込んでくる。

「ミュージアムの展示物の解説」

物は言いようだった。言葉だけは早々に三階建ての立派な建物を描く。

外したシーツを一旦床に置いて、安達が隣に座る。安達にも聞いた方が仕上がりは早そうだ。

一人で覚えきれないほどの思い出を補えるのが、他人の素晴らしさ……なのかもしれない。

「旅行の記念品の来歴と解説を記して飾ろうと」

「はー……うん、そういうのもいいかも」

「あはは、ピンと来てない顔」

安達と理解し合えないところがあるのが、個人的には気に入っている。

お互いの分からない部分があった方が、誰かと生活している気になる。

でも取りあえずいいかもくらいには肯定してくれるのも、なかなかいい。

初めての海外旅行で買ったことは覚えているそれを指差す。

「なんの箱だったかなこれ」

中身を使い終わった後に記念として取っておいたもののはずだ。

「確か、石鹸。それか……チョコレート」

「チョコレートはヤシロにあげたから、じゃあ石鹸だ」

話していると、どういうものだったか紐解くように思い出していく。

「ハンドソープで、オレンジみたいな香りのするやつ。手を洗うとおいしそうな匂いがするねって言ってた」

その感想を言ったら安達が笑って、後日遊びに来たヤシロが同じことを言ったので今度はわたしが笑った。

「そういうエピソードも書いとくか……」

来歴だけだと空白が寂しかったので、記念品にまつわる逸話も書き残しておく。書いたところで見るのはわたしと安達だけだ。わたしと安達二人の思い出だから、それでいいのだと思う。

「旅行、また行きたいね」

話して書き記すと、そんな気持ちが海辺の波みたいに押し寄せてくる。目をつむると、強い日に焼けた砂と潮の匂いさえ感じ取れるようだった。そして波の音の代わりに、安達の声がする。

「お金、貯めないとね」

「安達には期待してるよ」

「が、がんばるぞー」

そこでお前もやれよと返さないのが安達の美徳だった。いや、やりますけども。

高校時代は出不精強めで、旅行というものにさほど心惹かれなかった。それがいつの間にか、労働意欲を掻き立てられるほどの旅行好きになっている。最初の海外旅行が、よほど心に来たらしい。

「旅行はさ、空港から出たところで、空気の違いを感じるときが一番好きだな」

「前も言ってたね」

「うん……」

ボールペンをくるくると回す。

「こうしてわたしや安達が過ごしてるのと同じ時間に、海の底には見たことのない生き物が生きていて、空の果てには知らない人がいて……世界って、自分の知り得ない場所にもちゃんとあるんだなって」

分かっていても、感覚で摑みきれないその漠然とした『世界』を。

「それを感じてみたいと思ってた」

生き物は死んだらどこに行くんだろう。そもそも、行ける場所があるんだろうか。

時々考えるそんなことと、遠くの場所を知りたがる好奇心は、もしかしたら少し繫がっているのかもしれない。未知への限りない暗黒と、掠れるような希望の中間のグラデーションを、わたしは時折見つめているのだろう。

「私は、しまむらが居場所だから。知らないものがあるのは寂しいけど」

言葉や態度が落ち着いても、さらりとさらけ出す根底は一切揺るぎがない。

そんな安達の在り方は、頼もしくすらあった。

「安達らしくていいよね、それ」

「褒めてる？」

「もちろん」

ピースで念押しすると、安達の頬が優しくほころんだ。

「脱線しちゃった。次の紹介文は……なんの置物だっけ。猫？」

「ライオン……？」

二人して首を捻り、現地の記憶をあだこうだ引っ張り出してこようと苦心する。

お店を広げて、片付けるだけでも休日の残りは終わるだろう。それがよかった。

記憶は砂浜のように広がり、埋め尽くす砂粒それぞれに思い出がある。

安達と一緒だと、その砂浜がより広がる。歩ける場所が増えて、散歩が楽しくなる。

屈んで指を置いて、くっついた砂粒をお互いに見せ合う。

怠け者のわたしが安達と遠くに行きたがる理由を、再確認した。

『語られるもの』

『問えば永遠というものへの答えすら授けられると言われる存在』

『世界に数多くの、しかし断片的な伝承を残すそれは、確かにこの地球上に生息しているのです。こんにちは、明日に寄り添う超常現象のお時間です。今日取り上げるのは永劫を生きるとされる謎の生命体についてです』

『無限の寿命と極めて高い知性を持つとされる、未知なる生命体』

『精霊、妖精、或いは神そのもの』

『世界中に残る目撃談に共通するのは、眩く発光していることです。光源のない真夜中でも自発的に光り輝くその様が、多くの者の心を捉えたのは想像に難くないでしょう。また冒頭、問いと表現したように、言語でのやり取りがあったという記録も存在しています』

『こちらは幾多の伝承に基づいて描かれた、生命体の想像図です。特徴的なのはやはり全身の発光による神々しさ。輪郭が古き宇宙人像に行き着くのはそれが答えなのか、なんらかのメッセージなのか。そして言語を用いたという点から、口が存在すると予想される顔でしょうか。生命の究極に行き着いた生き物にこうした機能が必要なのか、何故オミットされていないのか。私としては少し疑問を覚えますねぇ』

『触れるだけで世の理（ことわり）に接触したも同然とされるその輝き。知れば世界中が追い求めるのは必然と言えましょう。時空すら超越するとされる、人知を超えた理外に位置する生命体』

『今はどこで、この星を見守っているのでしょうか。ここからは近年の目撃談を……』

「…………………………」

…………………………

…………………………

「ふふふ……このボーロがしっとり染（し）みますな」

牛乳のコップとおやつのボーロで両手を塞いで堪能（たんのう）している狐（きつね）をじぃーっと見て。

「そこの無限の寿命と極めて高い知性を持つとされる、未知なる生命体」

「うまうま」

「……ヤシロ」

「はいなにか？」

ウェットティッシュを一枚引っこ抜いて、変な生き物の隣に座る。

「おお、かたじけない」

牛乳の泡でうっすら白い口元を拭って、この話は終わりだった。

『タヒチ』

「別に今すぐってわけじゃないんだけどさ」

最近、狭いベランダで地味に育てているミニトマトに水をやりながら、そんな話を振る。

「寝ているときに死んで目が覚めたら、この部屋にいたりするのかな」

支柱に茎が絡むのを見ていると夏を連想する。日当たりのいい方向にベランダが出ていたので始めてみたトマト栽培は、トマトが美味しいというより色づく様子を日々観察することに潤される。

安達もベランダに出てきてわたしの隣に屈む。

「なんの話？」

「死んだらどうなるかって考えると、魂っていうのが身体から抜けちゃうのかなって。それが天国に急に飛ぶよりは、そのまま意識だけ目覚めて、まずは部屋に留まろうとするのかも、という話」

だからもしもそんな風になったら、わたしたちはお互いの見つからない部屋に行ってしまうのかもしれない。そのすれ違いはとても寂しいことだと、ガラス越しの安達を見ていて思ったのだ。

「今水やりしながらそんなことを思っただけ」

「ふぅん……」

安達もミニトマトを観察しながら、気のない反応を見せる。

「興味ないでしょ」

「ううん。高校生のとき、そういうの考えた気がする」

「ははは、こっちは未だに頭が高校生」

「若いのはいいことだと思うな」

安達はわたしを甘やかしすぎだなぁと思う。甘いものは大好きだった。

「今こうして元気だけど、いつか絶対にわたしも安達も死んじゃうって凄いよね」

起伏の少ない穏やかな毎日を送っていると、それが永遠に続くんじゃないかと錯覚しそうになる。だけどそんなことはなく、いつかは年老いて死んでいくのだ。それを、わたしはよく忘れてしまう。

限りあるものを手のひらからこぼしているのに、見向きもしない。

「わたしつまんない話してるかな？」

「ううん。しまむらの考えていることを聞かせてくれるだけでも嬉しい」

トマトと一緒に日差しを浴びている安達の表情が眩しい。

じゃあまぁ、もう少し続けてもいいか。

「死後の世界なんてあるのか分からないけどね。いや、多分ないかも」

あるとしたら、他人の頭の中かもしれない。肉体は消えても、存在は人の記憶に残る。

それが薄れない限りは、そこにいるって捉え方もある。

幽霊というのも、そういうものなのかもって時々思う。

「死んだら電源が切れるみたいに、ぶっつりなんにもないとしたらやっぱり怖いから……その後に、なにかあればいいかなって。天国とかそういう話があるのは、みんな怖いと思ったから色々考えたんだろうね」

「私は死んでからも、しまむらと一緒にいたいな」

「それはまぁ、わたしもだけど」

トマトに水をやり終える。使っている青い象さんのじょうろは近所の百均で買ったもので、ヤシロがここに来たときの遊び道具でもあった。あいつはもしかしたら、死と無縁の永遠の存在なのかもしれない。いくら年月が経っても姿形が一切変わらないのでそう思ってしまう。

それはそれで、暇そうだなぁとも思う。

「じゃあ、死んでも会えるように待ち合わせ場所でも決めておく?」

たくさんのもしもとかあり得ないとかの想像の産物の中で、そんな提案をしてみる。

安達はミニトマトを指で撫でながら、優しく笑った。

「いいかも」

「それなら、待ち合わせは公園とかにしようか。近所のでもいいし、全然知らないとこでもいいや」

「この家じゃ駄目なの？」

だめだめ、と水のなくなった象さんじょうろを横に振る。

「デートの待ち合わせなら自宅以外の場所でしょ」

わたしの適当な説明に目をぱちくりさせた安達が、やがて口元をほころばせる。

「なるほど」

大いに得心した安達が立ち上がって、わたしを待つように手を差し出してくる。

自分から不器用に握りに行かなくても、今の安達は待てる。

その手を握り返して、そのまま二人で歩き出す。

「行こう」

「どこに？」

「待ち合わせ場所の下見」

別の日本語では散歩とも言う。

わたしたちはどこから来てどこへ行くのか。

確かめるべく、わたしたちのタヒチへ向かうことにした。

『説教桜(さくら)』

わたしが謝るのが一番早いと分かっているので、声を丸くした。

「ごめんねぇ、わたしが悪かったねぇ」

「別に、悪くはないけど……」

ないですけど、とウニみたいに棘(とげ)が四方に伸びている。隣のわたしにサクサク刺さる。小気味よいほど貫いてくるので痛みはなかった。不機嫌を和らげようと頭突きしてみたら、思ったより強く当たって眉毛の上が普通に痛かった。

「いたたた」

「なにしてるのしまむら」

「友好の証(あかし)を示そうと」

友愛は少しの痛みを伴った。安達(あだち)の肩を突っつくと、「怒ってないよ」と声が硬い。

へへー、と笑うしかなかった。

ちょっとしたことだった。

夕飯の際に、会社での出来事を雑談の話題に上げただけ。その中で勤め先の同僚に、食事に誘われたって話を軽くしただけだ。

でも安達ちゃんにとっては当然、軽くなどないのだった。

「むー……」

「夕飯とかどうですかって聞かれただけよ」

「どうもしません」

わたしの代理人みたいな返事が辛辣に壁を作る。壁で遮るべき相手は勿論この場にいない。

「ちゃんと断ったってば」

「それは、当たり前……」

棘がまた少し硬くなる。なんかこの感覚懐かしいなと楽しんでしまう。

最近穏やかすぎて、昔の安達を体感することがなかった。

「誘うってことは、しまむらを狙ってる」

「そうかなぁ？」

「そうなの」

断定されてしまった。そういう雰囲気ではなく退勤前に軽くって感じだったけどなぁ。

でもみんなで、とかじゃなくて二人だったら確かにそうなのかもしれない。

狙われているのかわたし。職場が途端に密林に思えてきた。

「やっぱり嫌だ……」

頬杖をつきながら、安達の眉間が険しくなる。皺が深くて強そうだ。

「美人が台無しだよ安達」

というのは嘘で、そういう表情でも美人として成り立っていることに感心していた。安達はどんな感情を露わにしても、見られる顔になる。磨き上げなくても原石の段階で他とものが違うのだろう。そんな安達が彼女なわけで、そうなると誰に誘われてもそれ以上が存在しないから、コメントに窮する。どうやって断ったのかも思い出せないくらい淡泊になるのも仕方がない。

ということを考えていたら、俯いていた安達が急に顔を上げる。

「そ、そうなんですか？」

「しまむらはね、綺麗なんだよっ」

力説してくるものだから、頬を直接押されたようにむず痒くなる。

「でも安達の方が綺麗じゃない？」

「私は置いといて」

ぽーんと自分を蹴飛ばすような仕草が混じる。器用だな安達。

「蹴飛ばされちゃって、はい」

「しまむらが声をかけられるのは、仕方ない。綺麗だし、ちょっとした仕草の一つ一つが可愛いし、仕方ないとか言ってられない気がしてきた。やっぱよくない」

話している最中に立腹してしまった。それはそれとして、可愛いとか言われてやや、照れ。

「でも安達も誘われたりしない？」

「え、全然」

安達が迷いなく否定する。そんな馬鹿な、と安達を上から下まで眺める。なに照れてんの安達。

「わたしからすると、安達こそ声かけないは、ないね」

こんな美の塊を前にして、もちろん反応は様々だ。鑑賞、羨望、想いは千差万別。でもその中に手垢をつけたいと思う人だって、きっといるはず。

「うーん……もしかしたら、誘われてたのかな……」

わたしの言い分に、安達が自信なさそうに目を泳がせる。つまりそういうお誘いがあってもそうと認識しないで無視していたらしい。

強いなー、安達。

「でもうちの職場、そもそも人が少ないから」

「あ、そう言ってたね」

「そして私のことはどうでもよくて」

また架空の安達が本人に蹴飛ばされていく。リビングの隅っこは安達の概念でいっぱいだ。

「しまむらはもっと周りを意識しないと駄目かも」

「え、それ安達が言う？」

「しまむらが他の人からどう見えているかについて、一度はっきり説明した方がいいかな……」

自身の至らなさを嘆くように溜息を吐いた後、安達が改まったようにわたしに向き直る。

かくして説教は次回に続く。

次回？

『説教桜2』

「しまむらはね、昔からそうだけどとても綺麗だし特に、遠くを眺めているときの表情は凄いんだよ。なにかを一つ越えているような、不思議な感慨が湧く横顔と目つきを周りが無視できるはずがないの。ぼーっとしているだけでそうなんだから、してないときはどうなるか想像つくよね？　それでいて人当たりの良さ、柔らかさがふわっと滲むものだから、みんな引き寄せられてしまうのにそこ分かってる？　もちろんね、私もね、そうなんだけどしまむらがそんなふわふわだからつい不安になる部分もあるわけ。誰にでも優しく笑っちゃうから勘違いされてしまうところがあるから、笑顔をもう少し控えてもいいかなってそれくらい思っちゃう。ねぇしまむら聞いてる？　聞かないと駄目だよこれからのために。だってこれからも会社の人に誘われることは絶対あるから。いやそうなっちゃうの、しまむらの側にいると。しまむらはあまりに可愛い。それは、間違いない。正しい。誰でもそう見える。それは、そう。でもよくない。だってしまむらには……ほら、私がいるよね。私。私がいるから……駄目。名前書きたい。しまむらに名前書いておきたい。でもそれは変だなって分かるよ。流石に私にも分かる。だからしまむらがはっきりと断ってくれないと……あぁでも、やだなぁ。誘われるだけでも大分いやだ。そういう目で見ている人が近くにいるんだよ。それも職場だからずっと。氷の大陸に変な銅像があるくらいの違和感だよねそれって。もっと真っ白で透明であってほしい。そういう景色が一番似合う。横顔を見ているとね、そんな気持ちになるんだ……そんなしまむらをずっと、一生眺めていたい気持ちもあるんだけど側にもいたいって気持ちももちろんあって、だから私も極力、薄く、透明になって隣にいるべきだと思うんだ。それができているかは分からないけど、他の人はそういうのが分かんないっていうか、色が濃すぎる部分があって、私はそれが嫌で……しまむらの明るさって儚いんだよね。少し周りが騒ぐと隠れちゃうんだけど、似て非なるものでごまかすから普通は分からないから……私はその儚い明るさが本当に好きで……なんだろう、近くで見ていると泣きそうになるくらい心に来るから、それに心から惹かれているんだろうなって時々思って……でもそれを見つけられるのが自分だけであってほしいし、他の人に邪魔されたくないっていうかだから分かる？　しまむらに不用意に近づこうとする人はそれが永遠に分からないのに表面的なものだけで誘惑されて、でもそれだけでも確かに魅力的なのは否定できないから困っちゃうわけでしまむらはそれを自覚しないといけないんだけどじゃあ具体的にどうしようかって言うと私の真似なんかしまむらにさせたくないんだけど少しくらい無関心を隠さないようにしてもそれはそれで最低限の自衛を考えると悪いことではないと思うんだけどところで聞いてる？　しまむら、今まで言わないでいたのは当然分かっていると思ってた……」

『説教桜3』

流石に三部作完結を目指したい。安易な続編には賛同しかねる。

しかも解説が専門的で、わたし如きのレベルでは掴みづらい。ていうかいい加減褒め殺しで恥ずかしい。聞いてる？　と聞かれてもしまちゃんは耳が熱くて困っちゃう。

相づち打っているだけだと終わりがいつまでも見えてこないので、こういうときは相手の問題点を突いて反証して有耶無耶にしてしまうのが上策と判断した。

「ちょっといい？」

発言してもよろしいでしょうかとお伺いを立てる。舌がいよいよ滑らかになっていた安達がぴたっと、壁にぶつかったようにやや強引な停止を食らう。そこを、押し返す。

「わたしにとっては安達のことも、全然どうでもよくないんだけど」

どう考えても安達の方が人目を惹くし。高校時代から、なんなら中学生あたりでも絶対周りの関心を集めていたよなぁと思うのだ。高校の頃は学校でもずっと一緒であまり意識していなかったけど、社会に出て離れる時間ができると、ふとしたときにそれを感じてしまう。

綺麗が寄り集まって塔を建てているのに、惹かれない理由がない。

お説教を終わらせるだけのつもりが、考え込むと段々もやっとしてきた。

安達の気持ちになってどうするのだ。

「それは置いといて」

「置かないの」

また壁に投げ飛ばそうとするので、摑んで引き戻す。エア安達を。

「つまり安達としては……わたしが誘われないならいいと」

「でもしまむらは美人だからそれは無理と」

話が堂々巡りになりそうなので、それなら、と提案する。

「指輪つける？」

左手をひらひらと振る。安達はその手の動きを目で追って、最初は目を丸くして。

でも理解が輪郭を固めて、うん、と頷く。

「お揃いのものをつけているのは、うん、いいかも」

どちらかというと安達は、そっちの方がお気に召したらしい。昔はお揃いのヘアピンとかしていたものだった。社会人になってお互いに外して、大事に仕舞ってあるけどそういうのをまた復活させてもいいかもしれない。

しかし昔ならこんな提案振られたら顔から血の気が引いたり上ったり安達リンゴ祭りが開催されたのに、今では安達微熱祭りしか催されていない。わっしょい。

こんなことを言うのもなんだけど、安達は、肌を重ねるようになってから一気に安定したと思う。どんな心境の変化があったかは定かではないけれど、確かだと思えるものがそこにあったのだろう。

今ではわたしの方が、よっぽど恥ずかしがっている気がした。

「じゃあ結婚しちゃうか」

法律とかは置いといて、心意気の問題で。

まだつけていない指輪を掲げるように、わたしたちは手の甲を掲げて見せびらかし合う。

ある種、敬礼のようだった。

かくして、なかなか軽い調子で安達と結婚することになった。

ということはつまり、島村桜……安達抱月？

安達抱月は割と悪くないかな、とちょっと真剣に考えてしまった。

『シャボン玉の余韻』


「今振り向いたとき、安達にもつい英語で話しかけるところだったよ」

「意識高くなったね」

「ははは」

冗談だったのに涼しい顔で褒められたので笑うしかなかった。自分を。

海外旅行は刺激と穏やかな時間を程よく楽しめる。海の外、常識の外にあるものが連なって町を造り、それを眺めながら歩くだけでも異国の風の匂いが鼻と心に強く刻み込まれる。凄いよなぁって思う。わたしでは到底思いつかない建造物や店の表の飾りを目にすると、世界が自分の頭の中だけで構成されていないことを思い知る。その感覚が、なによりの刺激になる。

そして観光し終えて戻ったホテルでのぼぅっとする時間が、疲労感を心地よい眠気に変えてくれる。少し食べ過ぎた夕飯でお腹いっぱいになって転がるベッドの、やや硬い質感がかえって身体にしっくりくる。目を閉じたら自分の寝息が聞こえてきそうだ。そんな自堕落なわたしと違って、安達はバスルームのお湯の用意をしてから荷物を纏めている。

金庫の管理も安達がしてくれた。あれ、わたしはなにをしたんだ？

このままだと本当に眠ってしまいそうなので、なんとか起き上がろうとじたばたしていたら

「可愛い」と安達に言われた。安達はわたしをなんでも肯定するから癖になってしまいそうだ。じたばたも諦めて、隣のベッドの脇に屈んでいる安達を目で追う。

やや俯いて垂れた髪の動きをぼへーっと眺めていると、つい、言葉が舌から転がり落ちる。

「安達って……美人だよねぇ」

正直な感想を漏らす。安達が荷物を整理していた手を止めて振り向く。

「え、なに、なに急に」

これまで散々褒め尽くしてきたのに、それでも不意に呟くと安達は動揺を抑えきれない。すっかり立派に成長した安達は、普段は落ち着いたもので油断しているときを突かないとこうして驚いてくれないのだ。最近はよくその隙を探している。まるでわたしの母親になった気分だった。

「いや今さ、見ていたらつくづくそう思った」

しみじみかもしれない。お腹が膨れてぼーっとしているからこそ素直に感じられる。

「ちょっといない美人だなぁと再確認」

「な、なんだよー……」

安達がぱたぱたと飛びたそうに手を振る。へへへ、とこっちは声が漏れてしまう。

「安達の美人が十なら、わたしは六と七の間くらいかな。高く見積もって」

これでも結構過大評価かもしれない。だって安達は出会う人が大体美人とか美女と評するけど、わたしをそう評価するのは安達と……樽見くらいだった。このあたり、大分差がありそう。

「しまむらは百だよ」

安達が即座に反論してくる。安達ならそれくらい言うと思った。

「でも私が十人いてもしまむらにはなれない」

「そりゃあ、そうでしょうね」

一億人いたってそれは無理だろう。でも多分、わたし以上にわたしを知っているのも安達なのだ。それだけの理解がありながら安達はわたしにはなれないというのも面白いものだった。

「だからしまむらには、ずっと側にいてほしい」

「……よく分かんないけどそれ、すごくいいね」

理屈じゃない部分に響くから、気持ちよかった。満腹をさすってから腕を伸ばして目を瞑ると、なんだか、夢に浸っているような気持ちになる。多分今纏っているものが、幸せというものの正体なんだろう。今なら握りしめられそうで、でも手を離せなくなると困るからやめた。

「お風呂は先に入る？」

「んー、安達からでいいよ」

「でもしまむら、私がお風呂に入っている間に寝そう」

確かに。横になってるのがよくないのだと当たり前のことをやっと受け入れて、両足を上げる。上げた足を振り下ろした勢いで起き上がり、ベッドの上であぐらをかく。これなら大丈夫そうだった。

「ごらん安達、あの美しい夜景を」

「暗すぎてよく見えないね」

「ほんとね」

丁度、光の少ない角度を窓が切り取っているらしくなにも見えてこない。暗いだけだった。

「明日は晴れるといいけど」

明日はパラシュートで空の旅を楽しむ予定だった。パラグライダー……セーリングだったかな。当たり前のように宙に浮けるやつに遅れること、十年とちょっと。わたしも空を飛べる日が来たらしい。どんな気分なんだろうと、今から楽しみだった。

覚えているかは定かじゃないけど今夜は、空を飛ぶ夢を見るのだろう。

ベッドから下りて窓に近づくと、別の建物の壁が目の前にじんわり浮かんでくる。そして視線を上に向けると、夜に流れる雲が見えた。夜空の暗さを吸い込んだような、青白い雲が大気を泳いでいる。見上げていると生じる、胸の切なさはどこから訪れるのだろう。

無言のまま視線を吸われていると、安達も隣に来て同じように夜空を見つめる。

わたしは言う。

「知らない場所の風景って、シャボン玉を通して眺めているみたいで……それがいいよね」

少しばかり滲むような、そんな景色。海外旅行の思い出はいつもそうやって記憶に留まる。

シャボン玉、それはわたしの記憶というものの形であるみたいだった。

「しまむらって、感受性豊かだよね」

初めてそんなことを指摘されて、ぽっと、頬がほのかな熱を帯びる。

「ポエマーってこと？」

ううん、と安達が緩く首を振る。

「しまむらの感覚に近づきたくて同じものを見ても、私にはまだ分からないことがいっぱいだ」

こつんと、安達がわたしに頭を合わせる。お互いの髪の毛をちょっと潰しながら、寄り添う。

わたしの曖昧な感覚を語って、安達が同意を示すことはほとんどない。

それくらい、実は、噛み合わないところがたくさんある。

わたしはそれがたまらないのだけど。

「十人集まってもわたしにはなれないからね」

「うん」

短い返事には納得と寂しさ、両方が含まれている気がした。

でも上を向く安達は、満足を唇に塗っているようだった。

「一生やることがあるのも、悪くないかな」

「……かもねぇ」

窓枠の隙間から少し入り込む異国の風が、手首を濡らす。
二人で、遠くの景色を見つめる。
覗けるシャボン玉を増やして、夢みたいな記憶をたくさん作ろう。
その余韻だけで、いつか、生きていくために。

『冬を告げるもの』


「そのしまむらを見ると、冬が来たって感じがする」

「んむ？」

　毛布にくるまって意識ごと温まっていたらそんなことを言われたので、のそっと顔を上げる。ソファーの隣に座っている安達が、猫でも愛でるように髪を指で梳いてくる。

「暖房強くしようか？」

「いや大丈夫。これは半分くらいファッションだから」

　毛布に温かさを求めているわけではなかった。むしろしっかり肩まで被ると少し暑いくらいだ。でも埋もれて寝転がっている。クッションで顔を変形させながらテレビを二人で眺めているだけで、休日が温かく過ぎていくのだった。

「ファッションなんだ」

「冬はつとめてと言うからね」

「なにも言えてないと思う」

　安達の突っ込みも洗練されたものだった。昔だったら、そ、そうなんだ……くらいで流していただろう。そしてわたしの発言が割と適当なことも露呈しつつあった。これで呆れないのだから安達はわたしに甘い。そんなに甘いとわたしが調子に乗ってしまうので、ぜひこのまま維持してほしい。

「毛布被ってると、毛布じゃなくてもいいけどなにか被ってると安心しない？」

「んー……」

安達には覚えのない感覚らしい。寒さをあまり苦にしていないせいもあるかもしれない。

「わたしはなんか落ち着くから、夏でもタオルケットにくるまってる」

「あーそっか……あれはそういう感じなんだ」

夏のわたしを思い返して、安達が納得したらしい。考えてみると、夏でもやっていることが変わらない。もう少し季節感に寄り添って一年を過ごすべきなのかなぁと反省しながら特に起き上がりもせずゴロゴロし続ける。

「しまむらが、布団の中だと優しい顔になってるのはそれなんだ」

「え、そうなの？」

「唇とかほっぺの輪郭がゆるゆるになってる」

「溶けてるのかも」

昔の安達みたいに。あの頃の安達はちょっと照れるとすぐにでろぉっとなっていた。

「え、普段は優しい顔してないの？」

揚げ足取りすると、安達が失言を有耶無耶にするように遠くへ目をやる。

「いやいやそんな」

「安達はわたしの優しさを感じてないのかー」

心外だと言いかけたところで、首が伸びる。

「うにょー」

安達がわたしの顎と首を摑んで、引っ張って、頭の位置を変える。次の枕は安達の太ももだった。ごまかされている感はあるけど、太ももで頬を潰しているとしっかりごまかされてしまう。

「早く春になるといいね」

「しょおねぇ」

返事まですっかり、早咲きの春に浸るように溶ける。

「冬は一人だと、ちょっと寂しい気分になるから」

人は本能的に、寒いと危機感を抱くのかもしれない。そういう原始的な感覚に色んな名前をつけたものが感情と呼ばれる。わたしたちはそれを宝石みたいに、大事にして生きている。

慣れると磨き忘れて曇りそうになってしまうから……時々、ちゃんと意識しないといけない。

「春でも、しまむらと一緒にいないと私は寂しいよ」

「それも、しょおねぇ」

じゃあ結局、どの季節でも一緒にいないと駄目か。

いつも通りってことだった。

「ねぇ、今のわたしってどんな顔してる？」

人が一番知らない顔は、他人と生きているときの自分の顔。

大概、おかしな話だ。

わたしを覗く安達の目が、影と踊るように喜びを翻す。

「かわいい顔」

「しょっかー」

ご好評なら大人しく愛でられておくか、とそのまま潰れ饅頭で過ごした。

冬の終わりは、まだまだ遠そうだった。

『まっさらで単純』


　実家に帰って家事の類を放り捨ててほげーっとしていたときだった。

「抱月、ちょっと」

　居間から顔を出した父親に手招きされる。ほげほげしているのを一旦欠伸のように噛み潰して引き返す。父親に呼び止められるのは珍しい。なんだろうと居間に入る。

　テレビの前にクッションを用意して埋もれていた形跡のある、いつもの父だった。隣にもへこんだビーズクッションがあるので、誰か転がっていたようだ。まぁ想像はつく。

「まぁまぁ座って」

「はぁ」

　勧められるままに腰を下ろす。父親は最初正座した後、思い直したように足を崩す。

「うむ」

「なにか話？」

「うむ」

　うむじゃないけど。腕組みしながら、父親が悩むように目を泳がせる。

「うむ」

今度はこっちが言ってみた。先にうむを取られてか、父親が若干難しい顔になる。

「うーむ」

「え、なに？」

「拝啓、秋涼爽快の候ますますご健勝のことと」

「お父ちゃん？」

「いや残暑が厳しいか、まだまだ」

「そうだねぇ」

どうした父さん。校長先生に一瞬なった忙しい父親が、うめき声を上げてから苦笑する。

「聞きたいことは確かにあるのだが、上手く形にできないのだな」

「はぁそれは見事な自己分析で」

そうだろうとばかりに父親が頷いている。得意げになってどうするのだ。

「んー……そうだな……」

「言いにくい話？」

「いや……掃除はちゃんとやってるかな？」

「えー、うん」

母親が普段見せる雑さとは裏腹に綺麗好きだから、この家はどこも気持ちのいい空気が流れている。それを受け継いだのか、掃除に関しては進んでやっていることが多くて自分でも少し驚く。この間もしまむらは掃除上手だねって安達に褒められた。ていうか安達は大体なんでも褒めてくれる。

「ご飯はちゃんと作れているかな？」

「うん」

平日に仕事から帰ってきて夕飯作りに取りかかるには、床に潰れたところからジャンプ台でも踏むような心意気が必要だけど段々、その跳躍に移るまでがスムーズになってきた。時間が経てば更に楽に飛び跳ねられるだろう。帰った途端床に潰れることに関しては恐らく克服できない。

「仕事は上手くやっていけそうかな？」

今更だけどなんだろうその口調は。

「大丈夫」

最初は働くという行い自体に戸惑っていたけど、慣れたら案外流れに乗れるものだった。やるべきことは目の前にあり、それをこなしていくのは学生時代から変わらない。今度はどこにも、体育館にも逃げ出せないけど、帰る場所がはっきりしているからもう逃げなくていい。

ここまで来れば大体、父親がなんの話をしたかったのか察する。平たく言えば、新生活どう？　ということだろう。そしてどうと聞かれたら、どれもいい感じと答えられる。それくらいの生活は送っていた。

一緒に暮らすとなるとお互いに嫌なところが見えてくるものかと思っていたけど、わたしはそもそも、言葉を選ばなければ安達の厄介な部分とかそういうのは既に大体知っているのだった。でもその安達の偏りを一途なものと受け止めて今に至るのだから、大枠は変わるはずもなかった。安達にしても、同じだろう。安達めっちゃわたしを甘やかすし。もっとくれ。

「んー、つまりねぇ」

「うん」

やっとどう言えばいいのか見つけたらしく、父親の目がしっかりとわたしを見据えた。

「楽しくやってるかい?」

「楽しいよ、すごく」

ここまでの質問の中で一番、はっきりと答えられた。

日々の暮らしは、安達と一緒に大きな積み木で遊んでいるようだった。抱えているものを、新しく見つけたものを次はどこに置いていこうかと試行錯誤して、そしてこれまでと重ねるように置いたそれを、少し距離を置いて眺めて満足する。言葉と夢と感情がその積み木の上を飛び交い、穏やかに行き来する。わたしが生きる中で求めるものが、およそ揃っていた。

でもそれくらいでなければ、この家を出て行った意味がないと思う。

わたしはなんというか結構……そう、この家族が気に入っているから。

父親もその答えに満足したらしく、組んでいた腕を下ろす。

「じゃあ、いいか。いや本当はもっと情感溢れる問いかけにしたかったのだが」

「ははは」

そういう流れを作ろうと苦心していたらしい。父親が出来栄えに困ったように頭を掻く。

「真面目な話に関しては案外、母さんといい勝負かもしれないな」

「……かもね」

うちの母親はそういう話題になるとすぐ逃げる。認めたくないけど、わたしはそのあたりはそっくりそのまま受け継いだらしい。安達にも前、そんなことを指摘された。

「お話は終わりましたかな？」

入り口から声と顔がチラッと覗いてくる。ＤＨＡの豊富そうな、つぶらな瞳がこっちを捉えていた。相変わらずの格好に笑いながら手招きする。

「終わったよ。ほらおいで」

「わー」

ぺったぺったと二足歩行の魚が駆け寄ってきた。魚シリーズは見分けづらいのだけど、流石にこの格好は分かる。マグロだ。話をしていたら外で待っているとは、意外に空気の読めるマグロである。

「ふふふ」

内心を読み取ったように笑うのだから油断ならないマグロでもある。

「ちなみにこれはミナミマグロですぞ」

「奥が深いねぇ」

父親の隣のビーズクッションに飛び乗ってから、マグロがヒレで摑んでいたポテチの袋を得意げに見せびらかす。

「今日も台所でママさんに放り投げられましたが、お菓子も一緒に投げてくれました」

「おお、今日は気前がいい」

父親がニコニコ拍手する。

「お話が終わったのなら、みなさんで食べましょう」

食い意地が張っている割に、ここで独り占めにはしないところにこの宇宙人の善性が窺える。

居候なら当然かもしれないけど。

「みんなか……それなら妹も呼んできてよ」

「そうしましょー」

ミナミマグロが軽快に走っていく。後ろ姿が殊の外シュールだなぁと見送る。

「あの宇宙の子にはなかなか助けられているよ」

朗らかな笑顔で、父親がそんなことを言う。

「あの子がいなかったら、うちも少し静かになりそうだからね」

そのほんの少しの寂寥を含んだ微笑に、わたしが出て行って生まれた空白の質量を、初めて意識する。

ここにはわたしという当たり前が、もう生まれない。

それを選んで出て行ったけれど、それでも。

なにか言いかけて、空気を舌の上に乗せたところで。

「うぇーんゆーうぉーあーうぇーゆーどんひーみーせーぷりぃぃぃぃいず！」

台所から急に聞こえてきた、辛うじて歌声と判別できる大声に父親の表情が穏やかなまま固まる。

「前言撤回」

「そうだね」

意図していないのに時々ああやって、人の気持ちを掬い上げる。

それがあの母親の美徳かもしれなかった。

住む場所を決めるときに考慮していなかった嬉しい要素なのだけど、家の窓から花火大会の様子を遠くに見ることができた。低い位置に打ち上がった花火は手前の建物で隠れて音しか届かないけれど、高く打ち上がって空を彩るそれははっきりと目に映る。

夏どころか梅雨もまだ来ていない時期に、重い音が壁を反響させる。なになにと窓に近づいて様子を窺ったら、花火が打ち上がっていたのだ。

「安達、花火見えるよ」

流しの掃除を終えて手を拭いていた安達を手招きする。安達はお誘いを受けてこちらに来ようとして、でも途中で止まって冷蔵庫に引き返す。「ジュースとかは……なし」と確認して、二人分のお茶を持ってきた。受け取って、一緒にベランダへ出る。

手すりに寄りかかるようにして首を伸ばすと、匂いまで届きそうな花火の輝きがそこにあった。赤と緑の花火が交互に打ち上がって、空と薄雲を染め上げて、そして浮かび上がらせる。

「出かけなくても見えるのいいよねぇ」

「だね」

目が合い、なんとはなしに乾杯する。ペットボトルでの乾杯は音が鈍いなぁと笑う。

なにか成したわけでもなく、明日もまた仕事で、でも不思議と気分が浮き立った。

夜風は弱く、花火の広がりに陰りはない。そしてその散っていく輝きが肌に留まるように、やや蒸し暑い。隣で夜空を見上げる安達の顔に、花火と同じ色が宿る。

花火を受け取るのに相応しい美人というものは、本当に絵になるなぁと横で感じ入る。

「花火も、というかお祭りか。懐かしいね」

お茶を一口飲んでから、安達に話を振る。

「覚えてる？」

安達がこちらに目を下ろして、うっすらと口元を緩める。

「忘れるわけないよ」

「安達は特に強烈だったもんね」

舌を嚙んで血を飛ばしながら告白してきたのだから。安達らしい勢いの良さだった。

安達にとってあれは、いい思い出なのだろうか。

考え込んだ安達が眉を歪めながら訂正してくる。

「ごめん、途中から頭真っ白で半分くらい覚えてないかも」

「あはは」

そうだろうなぁと思った。目を回した安達を家に送ったときも前後不覚の様子だったし。

あの頃の必死な安達の一つ一つが鮮烈に記憶にある。わたしが今ここにいるのは、その必死さに揺り動かされてきた結果なのだろう。あのときは引きずられて、今は一緒に歩いている。

いいんじゃない？　と花火というロケーションを前に思っちゃうわけだった。

安達を見ていると、生きるってどういうことか朧気に理解できる気がする。

飲みかけのお茶を手すりの上に置いて、頬杖をつきながら花火を観賞する。安達も肘をついて花火を眺める。わたしの方が手前にいるから、安達も花火もよく見えた。

「ここから見るのもいいけど、近いお祭りのときは久しぶりに行ってみる？」

思えば、わたしからお祭りに誘うのはこれが初めてかもしれない。

学生時代はずっと安達ががんばっていた。だから、今はわたしが少しくらいがんばったって、いいだろう。振り向いた安達が、花火を着飾るわたしの額を見つめながら、ふっと相好を崩す。

「それもいいかも」

「浴衣はないけどね」

お祭りまでに実家に行く機会があったら、持ってくるのも悪くないかもしれない。

打ち上がる花火が休憩なのか、少し途切れる。光の化粧が落ち着いた夜空の雲が、音もなく流れていく。月は角度が違うのか、探しても見えない。夜は音を失い、この時間に相応しい在りようを取り戻す。

そんな中で頬杖をついたまま、耳から雫でも垂れるように、それが漏れた。

「好きだよ、安達」

風もないから、言葉を遮るものはなにもなかった。

言った本人にもすこーんと、頭に当たる程よい衝撃があった。

安達が首を伸ばしたまま、無表情にこちらを向く。まだ理解が行き渡っていないらしい。見つめられると、こう、耳たぶの裏が痒くなる。

「いや……わたしも一応、告白しとこうかと」

大分遅くなってしまったけど、これが返事だった。

「あのときは確か言わなかったよね？」

確認すると、安達の顔がくしゃっとなって。

わっと赤くなって。

ぎゅっと、抱きついてきた。

隙間を呑み込んでしまうように強く抱きしめられて、体格差もあって少しよろめく。

身体に挟まれた安達の髪が、首筋をくしゃくしゃ突っついてきてくすぐったい。

「花火見えないでしょ」

「いい」

顔を伏せきった安達が額をぐりぐり押しつけてくるのに苦笑する。骨が少し痛い。

でも安達なら、花よりわたしって感じだよな。だよな！

頬がチリチリした。

また花火が打ち上がり出す。打ち上がった花火が、次々に色を変えていく。
小さな輪を描いた花火が更に広がるような変わり種も上がってくる。
わたしは安達も、花火も見えていた。どちらも輝いていた。
瞳の中に美しいものしかない。
凄い世界に辿り着いてしまったなぁと、上擦る頬が震えた。

『確か名前は薬研(やげん)』

丁度休みでよかったなぁと思う反面、休みが潰れたなぁとも感じて寝返りを打つ。

二人揃(そろ)って綺麗(きれい)に風邪を引いてしまった。喉が痛いところから始まって、昼が過ぎる頃に熱を測ったら見事にどちらも発熱の兆(きざ)しがあった。そしてみんなそうだと思うけど、熱というのは自覚すると途端に身体(からだ)の不調が強まる。二人でふらふら回りながら、今日は大人しく寝て過ごそうということになって、現在横になっている。

風邪を片方が引いていたら離れた方がいいと言うけど、両方のときはどうなのだろう。お互いの風邪を分け合って更に悪化するのだろうか。などと考えつつ、先に治った方にまた移さないために寝る場所を分けていた。安達(あだち)がベッドで、わたしがソファーを使っている。

最初、安達(あだち)はベッドをわたしに譲ろうとした。でもわたしの方が普段から寝付きがいいので、ソファーを使うと説得してこの形になった。

これが片方だったら看病で温かいやり取りが交わされそうなものなのに、どっちも倒れてしまっているので離れて寝ることしかできない。症状がほとんど同じなので、同様の風邪に苦しめられていると考えられる。どちらが風邪を移したかは諸説ある。

寒暖差の激しい五月の初め。昼過ぎになると熱の溜(た)まりに飛び込んだように暑い。眠れないまま、電話を見つめている。電話って便利だ。もしなくなったら安達が片時も離れなくなる気がする。

声は出しづらいので通話は無理だけど、ポチポチでやり取りしている。

家の中でこんな近くにいて、奥ゆかしい繋がりだ。文通めいている。

『わたしの中で風邪の知識がアップデートされたんだけどさ、三十九度に近づくと悪寒が酷くなるね。だから起きてて寒いと、まだ熱が引いてないんだって分かっちゃう』

『知りたくなかった知識だね』

まったくである。

『昔から、草をぐりぐり潰して薬にするやつにちょっと憧れててさ。こういうときに披露したかったよね。安達、あんまり風邪ひかないし』

『草を……？　その辺の？』

『その辺の』

『……それ飲むの？』

『塗り薬でも可』

『風邪だとどこに塗るんだろう……』

確かに。やはり飲み薬の方がいいのか。前、旅行先で飲んだ苦茶を思い出す。屋台に吊るされた様々な草から選んで、それをお茶にして売る店だった。その中に苦茶とそのままの名前があったので、興味本位で飲んでみた。

その辺の草の方が甘いのではないかと思うような、想像を超える苦味に震えた。

『安達の熱は今三十七度くらいだっけ』

『うん』

『わたしの勝ちだ』

『次は勝たないでね』

『はい』

背中が痛みで軋んでいるようだった。すぐに喉と鼻が渇いて、水を欲する。でも口の中は唾液が溢れかえるほど多くて、身体の反応がしっちゃかめっちゃかになっている。不慮の事態を修正するべく、てんやわんやしているのだろう。がんばれーと応援しつつ、また寝返りを打つ。

ソファーの背もたれを膝で押しながら、丸まって、関節の痛みを少しずつ吐き出す。

二人とも大人しく横になっていると流石に静かで、ポチポチが捗る。

『治ったらやりたいことある?』

『しまむらの声が聞きたい』

安達は本当にわたし以外興味がないんだなぁ。何度目にそう思ったか分からないけれど、何度意識しても額から頬にかけて熱を帯びる。ここまで他人を強く想えるのも、立派な才能だと思う。わたしにも同様の熱意を要求していたから、昔の安達はあんなに不安そうだったのかもしれない。

『喉治ったら、なんなら歌っちゃおうか』

『聞きたい』

『冗談だったのに。カラオケ行ったのいつくらい前だろうね』

日野たちと一緒に行った記憶が、わたしの中では最後だ。安達は、居心地悪そうだった。

『安達はカラオケ行ったの覚えてる？』

『うん。日野や永藤と行った』

『安達はあまり楽しくなさそうだったね』

『そんなことは……あった、かも』

今の安達は取り繕わない。みんなと仲良くは安達にとって幸せでないからだ。

『私はしまむらと二人きりがいいから』

『安達はそうだよね』

そういう安達を選んで、今わたしはここにいる。二人だけの国を建てたのだ。

現在王国は病が蔓延して活気がないので、早く立て直さないといけない。

『たとえば、この世界でしまむらと二人きりになっても、私は生きていけると思う』

むしろそれを望むようにも思える、そんなものが文面から感じられた。

わたしだけが、安達の世界だ。

誰かを、たった一人で満たせる。自分が凄い生き物だと錯覚しそうになる。
『わたしも、多分生きてみようとはするけどね』
二人でふらふら、なんの音もなく鳥も飛んでいない世界を歩いていく。
まぁ、なんとかなるかもしれなかった。
『治ったら、前みたいに二人で歌おうか』
『カラオケで？』
『家でいいよ』
他の部屋に迷惑をかけない程度に口ずさんで、二人だけの国を謳おう。
風邪を引いている間、そんな気分になった。
今回は同時だったけど、次はどちらかだけが倒れてもおかしくない。
今度安達が風邪を引くまでに、あの、草をゴリゴリするやつを買っておこうと思った。

いつか、妹はその生き物を妖精みたいだと言っていた。

確かに眩いし、光の粉を散らすし、肌以外の箇所が水色に発光しているので、他の生き物とは一線を画している。そして画していてもやることはソファーに座ってウクレレで遊ぶだけだ。

恐らく文字通りの意味でなんでもできるけど、なんにもしない。

それがこいつの、一番いいところかもしれなかった。

今日はウグイスの格好をしているそいつが、ウクレレの弦を弾いてぽろろーんと音を奏でる。

実際はぽろろーんなんて音は鳴っていないのだけど、絵面がぽろろーんだった。

「最近よく持ってるけどお気に入り？」

あんなおもちゃのウクレレ、実家にあっただろうか。

「パパさんに買っていただきました」

「へぇ」

こいつに食べ物以外の贈り物とは珍しい。

「そこはかとなく似合うと褒めていただきましたぞ」

「はぁ。パパさんもちょっと変わった人だからね」

母親が奇行を繰り返すので隠れがちだけど。なんにせよ、うちの家族と仲良くやっているなら結構なことだった。こいつと出会ってもう十年近く経つ事実に、時々驚く。

妹だってあれだけ大きくなっているのに、ヤシロの外見は出会った当時のまま一切変わらない。言葉遣いも、生き方も、輝きも。すべてに変化がなく、ただそこにあり続ける。

それこそこの地球や星みたいに。

変化があってもわたしたちの目に映り切らないのかもしれない。

「ま、変わらないっていうのが、あんたの美徳かもね」

「褒めましたか？」

「そこそこに」

「わー」

喜びの音がぽろろんと連なる。前に振っていたマラカスといい、楽器が好きらしい。

安達は今電車を待っていると連絡が来た。帰ってくるにはまだ時間がかかりそうだ。

夕飯を食べるまでは家にいるだろうそいつの隣に座る。「ご用はお済みですか？」と言いつつ飴の袋を大事そうに抱えてわたしから離したのを見逃さなかった。こいつ。

「ウクレレねぇ」

名前と外見こそ知っていても、触る機会はこれまでなかった。

「ちょっと貸して」

おねだりすると、ヤシロが素直に渡してくる。そして飴の袋に手を入れて、カラフルで四角い飴を取り出した。懐かしい、と横目で湧く。幼稚園で散歩した後に、時々貰ったやつだ。一つの袋に二つ入っているやつ。

「それも一個ちょうだい」

「ほほほ、しまむらさんもなかなか贅沢さんですな」

何色がいいか聞かれたので、まず何色があったかを思い出す。

「紫色が綺麗で好きだった気がする」

「むらさきですな。おお、ありました」

ヤシロに渡された袋では、紫と赤の飴がくっついていた。

「ありがと」

小さな飴を、両方いっぺんに口に入れる。懐かしい甘さに頰の内側がキュッと引き締まった。

飴を転がしながら、ウクレレをそれっぽく構える。子供用なのか、わたしが持つと大分小さい。でも弦を弾けば音はちゃんと鳴る。生憎とピアノすら習ったことがなく、音楽経験は授業のリコーダーがすべてだ。指の使い方も分からないので、ウクレレはわたしにとってもおもちゃでしかない。

「あんた、なにか弾ける？」

「ひくとは」

ヤシロが首を傾げる。ついでとばかりに飴をぼりぼりと噛む音がした。

「曲。ただ鳴らすだけじゃなくて、音の連続で形を作るっていうか……聴いたことない？」

「うーむ？」

テレビをつける。適当なニュース番組が映って、ＢＧＭとして流れている音を指差す。

音は見えないけど。

「これが曲。音楽」

「ほほーぅ」

どうもこれまで、音楽という概念を理解せず耳を通り過ぎていたらしい。宇宙人は音楽を知らないのか。宇宙って音がないから、そうかも、と変に納得してしまった。

「この音楽を鳴らすためにあるのが、楽器。これね」

ウクレレを持ち上げて、そもそもこいつが何物であったかを教える。

ヤシロの目が、常に新たなる宇宙に彩られた瞳が、ウクレレを見上げる。

「知らない情報ですな」

「あんた食べることにしか興味なさそうだしねぇ」

ほほほ、とヤシロが一度笑って。

「機会があれば学んでみましょう」

「一曲くらい弾けると、もっと楽しい……かもね」

奏者に恵まれないとウクレレも泣いてしまいそうだし。

勝手が分からないまま、音をぽろぽろと生み出しては崩れ落ちるのを見届ける。

演奏家のそれより、音がいい加減で、寿命が短いように思える。

でも一定のリズムで音を鳴らしていると、独特の心地よさが背中や腰を伝った。

ウクレレを預かっている間にヤシロが寝息を立ててしまう。ヤシロは本当によく寝る。わたしも子供の頃から人のことは言えないくらいの睡眠魔だったけど、そんなとこまで似ているらしい。大人になるにつれて距離ができて、他人事みたいに幼少期を振り返れるようになると、ヤシロが昔のわたしに似ているということに納得できるようになった。

舐めていた飴が口の中から消える。舌の上に少しだけ残る甘さを、唾と共に飲み込んだ。

思い出をこうやって味わって、飲み込むわたしの家はもう、ここなのだ。

この家に、わたしの知る家族はいない。

帰る場所もこの部屋だ。大事な誰かが帰ってくるのも、ここだった。

壁掛け時計を見上げる。いつもの電車の時間を思い出して、目を細めて。

ウクレレの弦にかけた指を、かき鳴らす。

「カラスと一緒に、帰っておいで」

『たとえば』


「たとえばさー、わたしが……」

棚の隅をクイックルにワイパーしながら、床を掃除中の安達に話しかける。

「しまむらが？」

「んー……わたしが、なんにしよ」

もう少し設定考えてから話し出せばよかった。吸血鬼、妖怪、宇宙人。

宇宙人は別にいいか。知ってるのが無害なやつしかいないし。

「わたしが凄い化け物で……人間に害を為す系女子……女子っていうのも辛いか。まぁとにかく人類の敵になるくらいのやつでね。そうなったら安達どうする？」

「どうするって……うん？」

日頃、フィクションに触れる機会の少ない安達にはピンと来ないらしい。一緒にドラマや映画を視聴していても、安達はいつの間にかわたしをじーっと見ている。

わたしの設定も適当なのが悪いのだけど。

「夜な夜な人を襲って生き血をすする化け物に……なってしまったのだ！」

掃除道具を構えながらアピールする。安達が床の端まで拭き終えながら、少し笑う。

「なっちゃったんだ」

「なりました！」

なんで誇らしげなんだろうと安達の目が言っている。

「その両手上げてるポーズちょっと可愛い」

「ありがとよ」

化け物褒められちゃった。やや照れつつ腕を下ろして、掃除を再開する。

「それで、わたしがそうなったらどうする？」

「どうするって、えぇと……血が飲みたいんだよね？」

「喉越し悪そうだよねぇ」

前に健康診断の採血で自分の少量の血を見ただけでも眩暈がした。不思議と自分の血だって意識すると量の多寡に拘わらず寒気を覚える。人間の本能みたいなものかもしれない。

「そうなったら、私の血をあげる……かな」

「安達の？」

「しまむらが他の人を襲うとか、嫌だし」

多分他の人が犠牲になるとかそういう部分ではないのだろうなと思った。

他の人って部分が、そもそも安達としては埒外なのだ。

「退治とか考えない？」

「なんで？」

「わたしが悪いことしてたら、安達は見て見ぬふりしちゃう？」

安達はモップを持ったまま、一度目を泳がせて。

「一緒に悪いことする」

「それっぽい」

「だってしまむらがいなくなったら、私、生きる気しないし」

だからどっちでも一緒、と言いたげな口ぶりだった。

「怖いこと言わないでよぉ」

「怖いかな……？」

安達としては素でしかない。健やかに成長したようで、時々、安達の深さを感じる。

膝まで浸かっても足がどこにも届かない、そんな深さを。

「しまむらと離れると、生きている気がしないよ」

「じゃあ会社に行ってるときは大変だ……」

「うん」

穏やかに肯定されたら、わたしとしては死なないでほしいなと心配するしかない。

「それでこれ、なんの話だったのかな……」

「思いついたこと話してるだけ。はい、掃除終わり」

休日の午前中に家の用事を一つずつ済ませて、がら空きの午後にご機嫌に足を躍らせる。

ソファーの上で、ぼんぼん飛び跳ねてしまうくらいに穏やかな風が吹いていた。

見上げた鼻の動きで、穏やかな日差しを撫でる。

「取りあえず、散歩でも行こうか」

「うん」

掃除道具を片付けて戻ってきた安達が隣に座る。その様子を眺めていて、ふと。

「がぁー」

冗談めかして安達に飛びかかり、その首筋に噛みつこうとする。安達が虚を突かれたのかあっさりと倒れ込んで、押し倒すような形になってしまう。がぁー、と晒した歯が困惑で震える。

倒れた安達と目が合う。

無言で、なんとも言いがたい空気になってしまう。

日差しが背中をじっとりと焼く。

「………がぁー」

散歩に行くのが、少し遅くなった。

『たとえてないのに』

掛布団をひっくり返すように起きると、隣に安達がいなかった。そこまではよくあることで、わたしが安達より先に起きることは滅多にない。問題は更に滅多にないことが重なっていることだった。

猫がじっとわたしを見つめていた。

灰色を基本とした毛並みに黒い縞模様の入った猫だった。飼った覚えもない猫が部屋に侵入している。ヤシロのなんちゃって擬態ということでもなさそうだ。そして猫は隣のベッドの上で、身体を伸ばすように横になってなにかをアピールしてくる。猫には大きすぎる枕もべしべし叩いている。人間じみた仕草で、そこに寝ていた、と言いたいらしい。つまりこの猫は……じーっと見つめると照れたように前足で顔を隠すので、半ば確信する。

「安達？」

名前を出すと理解できるのか、うんうんと猫が頷く。とことこ近寄ってくる安達は……猫だ。普通の猫、見た目は。しかし中身は安達らしい。安達が猫そのものになったのか、猫と安達の精神が入れ替わったのかはまだ判断できなかった。

「なるほど」

半分くらいはまだ夢を疑っている。いやていうか、多分これは夢だ。

「たとえば、安達が猫になったら」

どうしよっかなー、と取りあえず抱っこする。流石に猫だと軽い。猫だといつもとは視点の揺れが別物なのか、安達が驚いたように目を見開いている。手足……いや全部足？　をバタバタさせている姿が愛くるしい。

抱っこして持ち上げたまま、ごてーんと寝転ぶ。

「ま、こういうこともあるか」

あるかなぁと首を傾げたけど、宇宙人と出会うのとどっちが非現実的だろう。

「大丈夫、こういうのは大抵寝たら元通りだよ」

根拠はないけど。そもそもなんで猫になったかも分からないのだから、イーブンイーブン。

なにがだ。

しかし猫なのは意外だった。安達なら犬かなぁという漠然としたイメージがあったからだ。

「猫になりたーいとか思って寝た？」

そんなことないっすとばかりに、安達猫が頭を横に振る。ついでに尻尾も揺れる。

猫と意思疎通ができるのも、趣深いというか……笑ってしまうというか。

「そういえば……いや、指摘するのもどうなんだろう」

なになに、と顔を覗いてくる仕草が人の姿のときと変わらなくて、ふふってなる。

聞きたそうだし、んー、言っちゃうか。

「安達って今、裸だよね」

ピタっと安達猫の動きが止まり、そして腕の中から逃げ出そうとする。

こらこら、と抱きすくめて暴れるのが落ち着くのを待つ。しばらくして、観念したのかわたしに身をゆだねてくると、いよいよ可愛いな安達猫。猫になっても尚可愛い、と言うべきか。

たまには、いいね。たまにはの話だけど。ずっとは……嫌だ。

「安達が猫のままだと、可愛いけどさ……困るなぁ」

その背を撫でながら、語りかける。

お喋りしたいとか、安達の顔が見たいとか、他にも色々あるんだけど。

なにより。

「安達には長生きしてほしいからね」

猫とか犬とか、もっと長く生きていてほしいって、よく思う。

それが適正かどうかとか、犬猫が本当にそんなに生きたいのかとか、分からないけど。

分からないから、祈るしかないんだけど。

大事な相手には長生きしてほしい。

辛いことはなるべく先の方がいいじゃん。

遠くにある間に少しでも楽しいことを増やしたいじゃん。

幸せで固めてないと心がひび割れそうじゃん。

連動するように色々なことが溢れ出す。楽しかったこと、忘れてはいけないこと、忘れたくないこと、辛かったこと。交じり合いながら脳の上を滑っていく。えっえっえ、って咳き込むような声が出た。

今、わたしがどうなっているのか。自分では分からず、見つめている安達だけが知っている。

その安達猫がそっと、前足でわたしの目元を拭ってくる。

あは、と息継ぎみたいに声が漏れた。

「ちくちくするよ」

温かいものに満ちた目を、そのまま閉じる。

腕の中に抱く安達猫は、あたたかかった。

そのあたたかさが、辛かったことも、楽しかったことも、たくさん思い出させてくれた。

次に目覚めると安達が何事もなく元通りになっていた。

猫の話も覚えていないのか、そもそもなかったのか話題に上がることのない、普通の安達だった。

やっぱり夢だったのかな、と頭を掻いてリビングに向かうと、水色の毛並みの猫がソファーに寝転がっていた。

「お邪魔していますぞ」

猫が普通に喋(しゃべ)りかけてきたのにメルヘンの欠片(かけら)も芽生えない。

「うーん、普段となにも変わりない」

「ほほほ」

ふっさふさで大きい羽根のような尻尾が、楽しげに揺れた。

『名前だけで押していく』


通勤時に読もうと思って買った本が十冊ほどインテリアになっていることに気づいたのは日曜日の夜のことだった。お風呂の後、髪を拭いて扇風機の前で「あえー」と遊んでいて、ふと視界の端に入ったのがきっかけだった。乾ききっていない髪を振りながら、棚の上を覗く。

いつ買ったか覚えていない本が積み上がっている。その本を書店で手に取った理由すら判然としない。手に取って、埃を払って、もしやと思い出す。

リビングに置いてある通勤用の鞄を確認する。

「おぉ」

鞄の隅には既に読むつもりの本が入っていた。端がちょっと縒れているので指で押す。

栞が二十ページくらいのところに挟まっているので、一度は読もうと開いたんだなと低レベルな感動に包まれる。内容をまったく覚えていないので、読むなら結局最初からになるけど。

朝の通勤時は眠気が拭いきれなくて大体ぼんやりして過ごしているし、帰りは疲れてぼんやりしている。ぼんやりしていない時間の方が少ないのでは、とどちらかというとそちらに危機感を抱いた方がいいかもしれない。電車内で突っ立っていても船を漕げる方なのでぼんやりがまったく苦痛ではないのだけど、買った本くらいは消化したい気持ちもあった。

インテリアでもいいのだけど、中身を読んでからそうしたい。本への礼儀もある。棚の隣に置いてあるヤシロがたまに読む漫画や絵本を整頓した後、積んだ本を持って扇風機の前に戻る。名前だけは知っている作家の本ばかりで、我がことながら嗜好が見えてこないで。

「ということでお互いに本を読んで感想を言い合うことにしよう」

お風呂から上がってきた安達を摑まえて、扇風機を譲りながら提案する。

「え、私もやるの？」

「一人だと続かないのはそこの棚の本たちが証明してくれたので」

安達に彼ら か彼女らかを紹介する。

「好きなのどうぞ」

「えー」

安達が水滴の垂れそうな髪を掻き上げて、バスタオルの巻き方を調整しながら本を取る。背表紙を眺めて、ピンと来ないように首を傾げた。

「本ってあまり読まないから、どれがよさそうなのかも分からないね」

「そうなんだよねー」

習慣にないのにここには十冊、鞄の中に入っていた一冊を含めると十一冊ある。不思議。

多分、一時話題になった本とかを見かけて買ってみたのだろう。著者やレーベルに統一感が

まったくない。安達は何冊か手に取って眺めていたけど深く考える意味がないことを悟って、
適当に一冊取った。橘川英次という作家名は、前にどこかで見た覚えがあった。

「学校で朝の読書とかなかった？」

「あー、中学校のときあったかも。あと私、図書委員やってた」

「なに、実は文学少女」

余った委員を割り振られただけ、と安達は笑った。

「今思うと中学時代は……今思うとって話ね？　すごい、根暗だった気がする」

選んだ本を横に置いて、髪を拭き始める。

「楽しかったって思えること、一つもなかったんだと思う。具体的なのはなんにも覚えてないから」

「もうその発言からして暗いね」

いやまったく、と安達が俯く。じーっと見て、髪を拭くのを手伝ってみる。

「わ」

わしわしバスタオルを動かすと、安達がされるがままになって近寄ってくる。もっとやってという意思を受け取って、今度は撫でるように丁寧に髪を扱う。

「今はすごいほわほわして……うん、幸せだね」

安達がこぼした砂でも拾うように、一つずつ丁寧に心情を並べていく。

今ほわほわしているのはお風呂上がりだからではないだろうかという無粋な指摘はしない。

安達の表情も、ほわーっと和らぐ。

「う、運命だね」

「うんめー」

オウム返ししたら誰かの真似みたいになってしまった。まぁでも、運命、なのかなぁ。

安達と出会わなかったら見ることのなかった天井を、花火でも眺めるように見上げた。

髪を拭き終えた安達に、最初は一本指を立てる。でもすぐに二本にしてピースマークになった。

「本を読む期間は二週間ね」

自分を過大評価してはいけないので、期間を長めに取った。

わたしは、前から鞄に入れていた本を読むことにする。

著者名は甲斐抄子。本の帯には天才が送る新機軸と書いてあった。はぁ天才。

仕事ならともかく、お話で長い文章なんてとても書ける気がしないので確かに、書ける人は天才なのかもしれない。いや案外、わたしもやってみたらできるのだろうか？

「ふむ」

空が青かった。うん、出出しはそれっぽい表現から始まって、そこから登場人物を考えて……頭の中だと粘土をこねるくらいの感覚で情景や描写が浮かぶものだった。いやそれが自然にできるということは、もしかすると？

自分の可能性との対話が始まろうとしている。そんな予感がする、扇風機の音と共に。

「んー、名前も文豪っぽいしいけるのでは？」

「しまむら？」

なははは、と夢が広がったことを笑っておいた。


空が青かった。それを見上げていた。

雲が流れていた。今日はとても速く、遠くを目指していた。

その雲を追っていた目が正面を向くと、桜の花びらが目の中に飛び込むように

「んー……ぇぇ……」

通勤のときにぼーっと考えている間はいくらでも浮かぶのに、いざ書いてみようとするとさっぱり手が動かない。名前の文豪っぽさに手と頭が追いついていない。

考えた主人公を出すまでが遠すぎる。

読んだ本の影響でやってみようと思ったら、これである。

「しまむらさんはお絵かきですか？」

「……文字をつづって世界を作っている最中」

「ほほーぅ」

シャボン玉セットを持ってベランダに向かおうとしているワニをぼーっと目で追って。

「……休憩しまーす」

執筆活動を中断して、わたしもシャボン玉をぷっぷくしようとベランダに向かった。

『Mother2』


「どう？　一緒に来ない？」

　会社から持ってきた仕事と睨めっこしながら、画面の向こうのソファーに座る安達に聞いてみる。恐らくつけているだけのテレビ画面を見つめながら、安達の頭が微かに左右に揺れる。

　明日からの連休は実家に帰る予定を立てているのだけど、安達もたまにはうちに来ないかと誘ってみた。数日間、安達をこの部屋に一人にさせておくより一緒に行こうという心境だ。

「んー……」

「苦手なのは知ってるけどね、ああいう空気」

　どちらかというと賑やかだからなぁ、うちは。主に母親が。その賑わいは安達の実家にも、ここにもないものだった。でも、ちょっと思うことがあって、今回は安達に行こうと言ってみた。

　安達もそう誘われることは珍しいから、少し考え込んで。

「じゃあ、たまには」

　さほど乗り気でなくても、わたしのお願いを大抵聞いてくれる甘い安達ちゃんであった。

「たまにはいいと思うよ、うん」

「そうかな……」

安達の控えめな笑顔は、本当に心をそれだけで洗えるくらい整っている。

「ま、こっちは取りあえず仕事終わらせないとねぇ」

「手伝えるといいんだけどね」

笑う安達に握りこぶしを見せると、合わせたように少し遅れて、ガッツポーズを返してきた。

安達がいい返事をくれただけで、十分、がんばろうって気になるから貢献している。

ぽろろーんとどこかで、ウクレレの音が鳴った気がした。


そんなこんなであくび多めに仕事も終わらせて、翌日。

夕方の片鱗が空にかかる頃、実家の前に到着した。実家は遠いというほどでもなく、だけど移動にはそれなりに時間のかかる距離にあった。今のわたしと実家の距離を表している気もした。

呼び鈴を押す前に鍵を開ける音がした。小さな人影が扉を開けて出迎えてくる。

「おかえりなさーい」

「おっ、相変わらず一番に来る」

鍵を開けたのは……なんだこの生き物。ぱっと見、カンガルーに見える。

「ただいま。これはなんの着ぐるみ？」

諸手を上げているヤシロを持ち上げながら聞いてみる。

「ワラビーですが」

「ほほーう」

いつも通りチョイスが謎だった。それから、ワラビーが短い手足をパタパタ振る。

「お久しぶりですね！」

「あんた昨日うちで晩ご飯食べてたよね」

「そんなこともありましたな」

いつものように時間の扱いが適当なワラビーのほっぺを伸ばす。こいつのほっぺはよく伸びない日がない。伸びないときが訪れたら天変地異の前触れかもしれないと思っている。取りあえず今日は平穏安泰みたいだ。ほっぺを伸ばされたまま、わたしの少し後ろの安達に挨拶する。

「安達さんもこんにちは」

「こんばんはじゃなくて……？」

「こいつはいつもこんにちはだから」

さぁ好きなところにお行きと離すと、「わー」とぺったぺった走って奥に消えていった。多分、妹のところに戻ったのだろう。それと入れ替わるように母親が台所の方から姿を見せる。

子供の頃から変わらないその様子を眺めると、柄にもなく心と目の下が揺さぶられた。

「お帰り娘ども」

「どもって」

「安達ちゃんも私の娘だから」

かしこまろうとしていた安達が曖昧な角度で固まる。

「あ、えぇっと……お邪魔、します？」

言いかけていた言葉を取りあえず口にしたという感じだった。が、母親はまったく頷かない。

「娘よ！」

「え、あの、え……お、おかあさん」

「いいよ！」

ほぼ強要しておいてこの笑顔と大声である。安達が困ったように、わたしを一瞥して曖昧に笑う。

「ごめんね、うちの母親ちょっとアレだから」

「アレってどれ？　分かって聞いてるけどどれ？　ん、これ前も言った気がするな」

首を突っ込んできたり引っ込んで考え込んだり、本当に忙しい人だった。

「あ、そうそう。今日は特別なお客さんが来てるんだよー」

「え？」

そこで安達を一瞥して笑うものだから、それが誰かすぐに察してしまう。

安達もすぐ思い当たったらしく、背筋がぴんと伸びた。

「ていうか来ないな。おーい、なんで隠れてるの？　おーい！」

「声が大きい」

廊下の奥からのそっと、壁から剝がれたような調子で予想通りの人が出てくる。

安達母だった。しかめ面で、不承不承を隠さないでうちの母の呼び出しに応じる。

「スペシャルゲストはもう一人のお母さんでーす」

「もう一人って二番目みたいになってるのおかしくない？」

安達母の抗議などまったく耳に入っていないらしく、母親がその肩を抱えるように摑んでこっちへと送り出す。「押さないで」と安達母が睨むと、母親が今度は後ろに引っ張るものだから無言でその足を蹴り飛ばした。母親はその悪戯の結果を笑うだけだった。

なにを小学生みたいなことをやっているのか。

「安達も来るのは今日言ったのに」

「昨日秘密のスパイから報告があったのだ」

「スパイ……ああ、あれ」

本日ワラビーね。

安達母がうちの母親の隣に落ち着いてから、娘を見る。目つきは細く、鋭くすらある。この目で子供の頃の安達が見つめられたら、口を開くのが怖くなってしまうかもしれない。安達母は、悪気はないのだろうけど人を見るときの目がそれしかないのかもしれなかった。

安達は子供のときと変わらないように萎縮して、鞄の紐をぎゅっと握っている。

そんな娘に、自嘲めいた溜息を吐きつつ。

「……この家で言うのもなんだけど………おかえり」

不器用が口元と声を綺麗に、ギザギザの線にする。そんな印象が来る挨拶だった。

でもこれがこの人の、せいいっぱいの歓迎なんだろうなと思う。

安達より不器用なのかもしれない。

「ただいま……」

安達がもっと強く紐を掴みながら、それでも顔を伏せないで返す。

うん、って。つい、見届けたわたしも頷いてしまった。

「もっと大きな声で言わないと私の声でかき消されるよ！」

「耳元で騒がないで」

「うちは狭いんだから贅沢言わないの」

「じゃあ無理やり連れてこなくていいのに……」

経緯はその会話から大体理解できた。そして母親が安達母の肩をぴしぴし叩いてちょっかいを出している。誰に対しても絡み方の変わらない母親だ。情緒不安定なところが安定している。

そしてそんな様子を眺めていて、言葉が頭の隅に引っかかったままなかなか落ちないせいか、別にまったくそんなことを感じていないけれど、ついぽろっと口から出てしまう。

「お母さん」

「は？」

しかも丁度目が合ったせいで、完全に安達母に捧げる形になってしまった。

安達によく似た顔立ちが、安達が到底浮かべそうもない険しい目つきを描く。

なるほど、安達に冷たくされるとこんな感じの表情を向けられるわけだ。

けっこう効きそうだった。

「娘が増えた感想は？」

母親が面白がって尋ねると、安達母はなにか言いかけて口を開き、でも面倒くさくなったように溜息だけ残して去ろうとする。その後ろをちゃかちゃか小走りで母親が追い回す。

「逃げるなー！　戦えー！」

「あなたって、人にうるさいと言われてなにか思うところないの？」

「今日も元気だなぁって」

「自分の言葉にしみじみしないで」

と、そこで本当に安達母が引き返してきた。母親も予想外だったようで「あれぇ？」とそれを大人しく見送る。安達母はわたしと安達を交互に見比べるようにして。

「……どっちが姉？」

そんなことを、ぶっきらぼうに確認してきた。

安達と顔を見合わせる。それからほぼ同時に、こっちと言いたいように、お互いの背中を押した。結果、二人で一緒に前へ出ただけになる。

安達母は、その返事を受け取って。

ふっと。噴き出すように、硬い口元が一瞬緩んだ。

そしてそれで満足したように、離れて行こうとする。

「あのっ」

今度は安達が呼び止める。安達母の機嫌を窺いづらい強い目つきに瞼を撫でられて、下りそうになって、でも安達は。

「ぬいぐるみ……ありがと。あの、象の」

手の動きで象の輪郭を形作りながら、転びそうな前のめりのお礼を伝える。

「うん……」

安達母は目をつむるようにしながら、それだけの短い反応を返す。

「あれで、よかった?」

たくさんのものを含んだような、愛想のない確認。

安達はそれに対して、象を形作る手もそのままに、小さく顎を引く。

「そう……」

安達母が自分から聞いておきながら、言葉に窮するように、目を泳がせる。

もどかしいほどぎこちない母子のやり取りを傍らで見守っていると、ふっ、と笑った母親が安達母の肩にポンと手を載せる。ウザ、と安達母の下唇が波打った。

「その分かってるぜって感じの肩の触り方クソムカつくからやめてくれる?」

「分かってないぜ」

「とりあえずなにか言えばいいってものじゃない」

母親は、困っていた安達母に助け舟を出したのかもしれない。適当なだけかもしれない。

母親二人がなんだかんだと話しながら奥に向かい、安達は戸惑いを足に宿しながらも、ぽん、ぽん、とその背中を追って歩いていく。

わたしはみんなから少しだけ遅れて、離れるようにしながら。

「……………あはっ」

実は、安達を連れてきたらこうなるかなぁと半分くらいは考えていた。

安達は世界にわたしだけでいいし、わたしはそんな安達を選んだけど。

それでも、こういうのもいいなって、思ったりするのだ。

廊下を眺める。いつかは走り、いつかは歩き、いつも行き来していた空間。

わたしと外を繋げていた、架け橋。

離れてからも、残る確かな感情。

思い出と今が混ざり合って、水泡のような視界の中でそこに踏み込む。
わたしは、この家も好きだ。

『できる女を見届ける』


一度入ってみたかった場所の前を通りかかったので、一度入ってみようと誘ってみた。

「どう？　たまには」

たまにはというか、初めてだけど。

「いいけど……」

看板を見上げてピンと来てない感じの安達ながら、いいよと付き合ってくれる。

今日の散歩ついでのデート先はバッティングセンターだった。テレビの向こうで見る機会はあっても、一度も利用したことがないので結構興味があったのだ。中に入ると受付の人に、券売機で買ってねと教えてもらった。三百円で二十球と書いてある。物は試しで三百円を投入する。

しかし飛んでくる球を売るって、変わった商売だ。

「あ、二人分いるか」

続いて安達の分も買ってから、なんだっけ……打席？　ケージ？　の空いているところへ向かう。金属バットが四本立てかけてあるけど違いが長さ以外分からない。長い方がいいのかな、とバットを取って構えてみる。さぁ来いと構えても機械がうんともすんとも言わない。

「恐れをなしたかな」

「回数券入れてないよ」

「おっと」

安達監督から的確な助言が来た。入れて、と構え直して、と。

「がんばれー」

「手にマメができるくらい行くぜー」

よく分かってないけど宣言して、バットを見様見真似に構える。

バットを手に取ったのは体育のソフトボールの授業以来だ。でも休日の朝のニュースにいつもアメリカで活躍する選手が取り上げられていて、それを見ているから大丈夫だった。

「なにがだー」

自己否定を乗せたバットが、飛んでくる球を捉えるべく閃く。

ガシャーンと小気味いい音がした。後ろで。

「ふむ」

掠りもしなかった。というか球が見えていないし自分がどこ振ったのかも分からなくて、惜しかったのかさえ不明だ。反省する間もなく次の球が飛んできて、対応に追われる。

これでもかつてはバスケットボールに夢中だった球技女子なので、いいところの一つも彼女に見せてやるかなぁ！　くらいの意気込みでバットを振ってみたのだけどこれがもう当たらない。ボールが小さすぎるのではないだろうか。高校球児の凄さを思い知る。

振りが大きすぎるのかなとバットを短く持ってみたけど、それでも当たらない。

安達の反応を確認しようか躊躇うレベルだった。

最後の方で一度だけぽこーんと当たった。当たったというか、水平にバットを置いていたら球が当たってくれた。手の痺れと跳ねる球の軌道を見送って、わたしの初バッティングは終わった。ほとんど当たりもしなかったのに、疲労感はちゃんとあるものだった。

「ふ」

満喫してケージから出る。

「かっこよかった？」

安達に無茶ぶりすると、やや引きつったような笑顔で、それでも。

「一生懸命がんばってボールと睨めっこしてるとこは、えぇっと、カッコよかったよ」

「すごいね安達、才能あるよ」

「なんの？」

金属バットを託す。

「選手交代」

「もういいの？」

「安達のを参考にしようと」

「私もやったことないんだけど……」

バットを受け継いだ安達が、首を傾げながらバッターボックスに入る。

バットを肩に置くように構えると、なかなか絵になった。

「できる女って感じがするね」

「できる女は野球やるの？」

「なんでもできるから、できる女」

「ハードル高いなぁ」

安達がぐっと腰を落とすように構えて、ボールを投げる機械と睨めっこして。

へろん、と空振りする。

安達のバットはわたしよりヘロヘロだった。腕の畳み方がぎこちなく見える。変だな、と安達のバッティングを観察する。安達は大抵のことはわたしより上手くやれる子なのに。一緒に暮らしていると本当に、安達に勝てるとこほぼないねと実感してしまう。

別にそこに悔しさはなく、むしろ誇らしい。頼りになる。素敵。

だから快音を響かせてくれるかなと期待してしまうのだけど、野球は専門外だろうか。

「んー……」

なにか違和感がある。わたしと同じように打席に入ってバットを振っているけど、腕に勢いがない。構えているところは美女の横顔なのだけど。……わたしと同じように？　うん？　わたしと安達の違い、と両手のひらを見つめて。

「安達の場合さー、利き腕左だから逆に構えるんじゃない？」

見ていて思ったことを指摘すると、「え、そうなの？」と安達が目を丸くする。

「なんかで左打ちって読んだ気がする」

あれは利き腕で決めるのではないだろうか。多分。あまり関係ないかもしれないけど。

でも安達がしっくり来ていない気がするので、逆で打ってみるのもいいのかなと思ったのだ。

二十球分の素振りを終えた安達が戻ってくる。取りあえず一旦離れて、もう一回券売機で買ってみたりと、バッティングセンター内をウロウロする。そして見つけた。

「端っこに左で打つ人用のとこあったよ」

幸い、ケージも空いていた。安達の肩を押して打席に立たせる。

安達はバットを見つめて、手の上でコロコロと転がす。

「反対……左手を上に？」

「そうそう。それで左から打つ」

わたしのコーチングを素直に聞いて、握り直した安達が試しにと振ってみる。

「あ、振りやすいかも」

しっくり来たのか、肘の畳み方がスムーズに見える。その後も何度か試してから、回数券を機械に投入した。

「がんばれー」

「み、見ててー」

やや不器用にガッツポーズしてから、安達がバッティングに再挑戦する。

さきほどの二十球でコツを掴んだのか、安達は恐らく適切なタイミングでバットを動かして、ぽこーんとボールを掬い上げた。打った本人が一番驚いて目を丸くしながら、そのボールの軌跡を見送った。

こっちを向いて、安達が控えめに笑う。

「当たったよ」

「いぇーい」

賞賛する。でも安達がよそ見している間に次のボールがガシャーンと快音を立てた。

「いけない」

慌てて構え直して、安達がまたボールと睨めっこする。

「よく見て振ると、けっこう……いける？」

そう呟いた安達は言葉通り、じぃっと正面を見据えてぽこんと打ち返す。勢いはそこまでないけれど、わたしと違ってちゃんと振って当たっている。慣れてきたらもっと綺麗に打ち返せそうだ。

わたしが左打ち転向を勧めたお陰だなぁと鼻高々になる。

応援中にこっそりスマホで調べたら、利き手はあまり関係なさそうだった。……ま、いいか。

「安達をできる女に導けて鼻が高いよ」

後方で得意げに腕を組む。安達は集中しているのか反応がない。

しかしバットを構えてぐっと踏み込む仕草が……いやぁ、いいかも。安達のスッと鼻筋が整うような真剣な顔つきを、少し距離を置いて眺めていると本当に、スターの練習を見学しているような心境だった。安達はまたぽこーんとボールを前に飛ばす。

やっぱりわたしよりできる子だった。

安達が今もそうあってくれることに、柔らかい日差しを浴びるように満足する。

次はどんなできる安達を見ようかな、と別の行き先にも思いを巡らせるのだった。

『白銀の航路』

　海が割れる様をぼーっと見下ろしていると、顔の前が潮の強い匂いでいっぱいになった。時折、強く跳ねた海水が甲板にまで届く。日に焼けた海風に煽られると、少し喉が渇いてきた。

　長いこと船上で時間を潰していたらしい。

　これといった目的もない悠々とした旅なので、ついぼーっとする時間が増えてしまう。

　それこそ、自分がどこから来たかも……忘れてしまいそうなくらい。

　長く船旅を続けていると、色んなことを思い返したり……そして忘れていったりする。記憶とか思い出とか……そういうものを想起させるような繋がりがここにはない。旅行のお土産も、長い時間を過ごしてきたぬいぐるみたちも側にはなかった。

　わたしたちは日々の中でたくさんのことを忘れる。でも時々思い出せると、生き返るもの、気持ちがたくさんある。だからやっぱり、物って大事だって最近気づいた。思い出の品は、記憶の入り口を上手く残しておいてくれる。それから物に限らず行動や……仕草だって、標になる。

　思い出はいいものだ。薄れることはあっても淀んで腐ることは決してない。

　忘れられること、思い出せること。どちらも素晴らしい人間の美徳で。

生きるってそういうことだ。そういうこと、だった。
アザラシくんやセイウチくんはどうなっただろう。
もうどこにもいないことを意識すると、少し寂しい。
その侘しさもこの航路が続いていく限り、いつか忘れてしまうのだろう。
遠ざかるって、そういうことだ。色んなものが見えなくなっていくってことだ。
どんどんと知っている場所から離れて残るのは海と、汽笛と、そして。
名前を呼ばれて振り向くと、太陽の下に安達がいて目が眩んだ。
色々となくしてしまったかもしれないけれど、また出会えたものもある。
だから上々で……最高だろう、今は。
この旅路に辿り着けたのは。
隣に来た安達と一緒に、また海を見下ろす。
割れた海の波しぶきは光を吸い込んで、白銀の軌跡を描くようだった。

『カラスとおつきさま』

日曜日はまだ幼い妹を連れて公園に行くことにしていた。普段はくたびれた遊具が出迎える小さな公園は、日曜日だけ面白いものがやってくるのだ。妹もそれを知っているので、お互いの足取りは軽い。光の輪っかが頰をくすぐるように触れてくる、春の日差しの中を行く。

ショートケーキみたいな三角形の敷地で住宅街と道路の間に造られた公園には、もう友達とお目当てのおばあちゃんたちの姿があった。

「おーい、ババアー！」

「はっはっは、ぶつぞ」

挨拶したら、おばあちゃんが笑顔のまま握りこぶしを見せてきた。

近所に暮らすこのおばあちゃんは日曜日、散歩中に公園に立ち寄る。まとめた長い髪を首筋に垂らした、常に穏やかな笑顔のおばあちゃんだ。そこまでは人当たりのいい普通のおばあちゃんなのだけど、連れ歩いているもう一人がまったく普通ではなかった。

妹はその輝きを摑（つか）もうと、いつも手を伸ばしている。

わたしの手を離して、そいつに駆け寄っていく。

「きょうもあやしいぞー」

わたしも便乗する。ついでに友達たちも囲んでいく。

「つかまえろー」

「ほほほいけませんぞ」

みんなに突っつかれるように追いかけ回されながら、軽快に逃げている。今日は鯨の格好だった。二足歩行でえらく機敏な鯨は見ているだけで面白いし、追ってみるとキラキラと粉みたいなものが軌跡に舞っていてとても幻想的だ。いつも動物の着ぐるみに身を包んで、小さなウクレレを背負うそいつの名前はヤッシー。背格好はわたしたちと同じくらいだけど、着ぐるみからはみ出す水色の髪が異質さを隠す気もなかった。このヤッシーとおばあちゃんの取り合わせが、最近のわたしたちのお気に入りだ。

「おっと……そういえば、やることがあるのでした」

追いかけっこの途中、ヤッシーがそんなことを言ってぴゅーっと急に加速する。景色に溶けるように静かに、素早く。あっという間に離れて、公園の物陰に消えてしまった。

ヤッシーはたまに、見た目に相応しい不思議な動きを見せる。

ただ、まだお菓子を受け取っていない。ので、どうせすぐ戻ってきそうなので、おばあちゃんの隣に座る。

「おばあちゃん、疲れてる？」

いつもより頬の陰が濃い気がして聞いてみると、おばあちゃんの笑顔が少し掠れる。

「ちょっと徹夜でゲームしてたから……」

「ワルじゃん」

おばあちゃんがにやーっとして、頰の陰を払うように顔を上げる。

その白い髪はおつきさまの色に似ていた。

「また話してよ、ババ……おばあちゃん」

「話ねぇ」

わたしの頭をぐりぐり軽くお仕置きしながら、おばあちゃんが遠い目になる。

おばあちゃんが語るのは、おばあちゃんと、大事な人のお話。

その大事な人は、今はここにいないと言っていた。

「前から思ってたけど、わたしの話なんて楽しい？」

「だっておばあちゃんのお話に出てくる人、変で面白いし」

いつも大げさなほど驚いて、やることも突拍子もなく、それでいて、一生懸命だった。

「変で面白いか……うん、ふふっ、うん。そうだね、ちょっと……大分変わってたな」

つむるように細めた目で、おばあちゃんがベンチの隣、わたしと反対の空いた場所を見つめる。

おばあちゃんはそうやって時々、誰もいない隣に視線を泳がせる。

そのときのおばあちゃんの優しい笑い方がなにを意味するのか、わたしには分からない。

でもとても、素敵な表情だと思う。

「約束通り、今日もえいぎょうに来ましたぞ」

「あ、帰ってきた」

いつの間にか、ベンチの近くにあるタイヤを埋め込んだような遊具の上にヤッシーが座っていた。わたしは家から持ってきたお菓子を一つ差し出す。

「はいお代」

た○ごボーロ一個が演奏代だ。受け取ったそれを嬉しそうにヤッシーが嚙みしめる。

「ふふふ……一曲だけですぞ？」

ボロボロのウクレレを構えて、ヤッシーが勿体ぶるように言う。ヤッシーの言っていることは別の意味で嘘ではない。一曲しか弾けないのだ。弾けるのはこの公園で覚えた曲だけ。

午後四時半になるとかかる、帰りを促す童謡だけだった。

カラスと一緒に帰るにはまだまだ早い昼前に、ヤッシーの演奏が始まる。

ベンチに戻っておばあちゃんを見上げると、おばあちゃんはまるで、誰かとの会話を打ち切るように顔を逸らして、少し笑う。

「じゃあ、今日もその話にしよう。そうだね……今日思い出せそうな話は……」

少し離れたヤッシーの演奏が丁寧に、優しくなる。

おばあちゃんの思い出を、その繊細な音に載せていくように。

生命が謳う望郷　ネープルスイエロー

『どこにいようと島村抱月だ』


見つめていると膨らむものがあって、ぽぉっと頬が温もる。

しまむらの寝顔だった。しまむらの家に泊まりたいと言うと、大体通ってしまう。家の他の人も嫌な顔しないし、……しまむらの妹はいい顔していない気がするけど、拒否されることはなくて。そういういい意味での緩さ、懐の広さはしまむらの気風の根っこを見ているようだった。この家で育ったのなら寛容になるのも分かる。

きっと私の家も、客観的に眺めたらどんな人間が育つか納得できる家庭なのだろう。

それはいいとして、寝顔が近い。寝ているのだから当然なのだけど、私がじり、じり、と少しずつ距離を詰めてもまったく反応しない。しまむらは少し油断しすぎではないだろうか。私がなにか悪さをするとは考えないのだろうか。信用、ちゃんとされているってことだろうか。

私にそんな度胸があるわけないだろうと見透かされているだけかもしれない。

寝顔の幼さ、無防備さにまず心が揺らぐ。眺めているだけでこちらは寝顔と真逆に走ってしまう。目が冴えてまったく眠れる気がしない。しまむらの側にいるといつもこうで、活力は漲るけれど健康は損なっている気がする。生き急いでいる自分の鼓動が胸と首筋を痛めた。

首筋を引きつるように固定したまま、しまむらの寝顔を堪能する。綺麗だ。こう見ると、幼さが所々に残っている。やや緩い目元もそうだし、枕で少し潰れた頰と唇が微笑ましい。布団に入って少ししたら寝息を立てている寝つきの良さもなんだか可愛らしい。正直しまむらがなにをしていても可愛いって思っていそうだから、私の意見は私以外には参考にならないだろう。布団のかけ方だけでも可愛いねと言い出しかねないし、実際そう感じる。

その幼くも愛らしい笑顔が、私の理想だった。追い求めるものだった。

しまむらは目が合うと緩く笑ってくれるけれど、そこには取り繕ったものがあるのも事実で。当たり前だけど、私相手にだって隠したいものはある。当たり前だけど、それが少し悔しい。

私は、しまむらになにも隠していない。隠せていない。だからしまむらも、なにも隠さないでいてほしい。他の人に隠しているものを、すべて私に露わにしてほしい。起きているときもその無防備で、無邪気な部分を私に晒してくれることが理想だった。それがしまむらとの距離を限りなく埋めた証になるのではないだろうか。

今はしまむらと、どれくらいの距離があるのだろう。このお互いの布団以上の距離はまだありそうだった。それでもどこにいて、どんな形のしまむらを見ても強く心に響くのがなんていうか……直通だなって思った。私の心に直通している、しまむらが。不純物なくしまむらが届くから、こんなにも刺激的で私をひっくり返してくるのかもしれない。

ずりずりと、布団の中で蠢いてまた少しだけしまむらに近づく。

同じ布団で寝るか冗談半分で聞かれて慌てながら断ったのを、今更後悔する。

布団は越えられない。だから、可能な限り近づいて。

摑み返してくれるわけもない手を、しまむらにそっと伸ばす。

夜にかかる架け橋は、わずかに震えて頼りない。

伸びた左手は夜空の月にでも触れようとするみたいに、届かないしまむらをそっと。

「きゃっち」

肘から先がびくぅっと痙攣したように跳ねた。

目をつむったままのしまむらの手が、私の手を取ってきた。それがなにを意味するのか、こちらの頭に浸透する前にしまむらがにかっと歯を見せて笑ったところで、真っ白になった。

やっぱりしまむらは、健康に悪い。

『乗り込めー』

「逆に安達(あだち)の家に泊まってみるのはどうだろう」

「……えっ」

金曜の放課後、足と肩が少しふわふわしながら駅前に来たところで、しまむらが唐突に提案してきた。私は行くつもりだったドーナツ屋の看板を遠くにぼぅっと見ていたので、急な話に反応が遅れた。

「泊まるって」

「ミートゥー」

しまむらの英語の成績が一瞬心配になる。

「いつも安達(あだち)が泊まりに来るからさ、たまにはわたしが行った方がいいかなーって」

「いい、いい。全然来なくて」

いいのよ、と肘と手首がくねくねしてしまう。

「安達(あだち)の部屋って実は見たことないんだよね。あれ、ないよね多分」

「ん、うんない。多分ない」

あったら部屋のあれもこれも露見してしまう、と危機感を募らせたけど私の部屋は物自体が少ないので、そこまで恥部になるような物ないな、と気が動転する前に冷静になれた。

　だから、来ても本当にやることがない。しまむらの家に色々転がっているような暇つぶしの種も一切ない。私は、家ではしまむらのことを考えたり、しまむらと電話したりして空いた時間を埋めることができるけど、しまむらはきっと退屈しか掬い上げることができないだろう。という意見を上手く纏めたいのだけど、口がまったく回らない。目は良く回るのに。

「明日土曜だけど、安達ってバイトある？」

「ないけど……いや実は、あるのかも」

　ないと言ったら断る理由もなくなることに気づいた私に、しまむらがさっさと気づく。

「丁度いいみたいだ」

「……ほんとに泊まるの？」

「たまにはいいかなーって」

　しまむらが髪をくるくると人差し指に絡めて、少し目を逸らす。

「私の、お母さんもいるよ？」

「仲良しだから大丈夫だぜ」

「う、嘘つきぃ」

　あっはははと口を開けて笑うしまむらがかわいいなぁと、ぽけーっとなる。

　なっている場合ではない。

部屋に戻ってから、通学鞄をベッドの脇にそっと置いた。なぜ今から緊張しているのか。置いた後、仁王立ちで部屋を見回す。見慣れた自分の部屋に普段は思うところなどない。

でも今は、どこを見ても目の端に引っかかる。

「しまむらが、この部屋に」

別にこの部屋じゃなくてもいいんだけど。他の部屋でもいいんだけど。でも来てしまう。

なにか隠した方がいいものってあるだろうかとキョロキョロキョロする。キョロしすぎて途中から少し気持ち悪くなってきた。蟹歩きでぎこちなく移動して棚を覗く。

霊験あらたかとばかりに飾ってある清涼飲料水の缶を、しまむらは見てどう思うだろう。流石にしまむらはこれがなにか分からないだろうけど、不思議な人に誤解されてしまうかもしれない。ブーメランは……贈り物を大事にしている人と思ってくれるかもしれない。

前の夏休みに書いたしまむらノートは、本棚の中に隠した。いやノートって目立つな。手に取られると困るので一旦戻す。パラパラ捲る。いっぱい書いてあった自分の字の筆圧の強さから必死さが伝わってくる。その熱を、まだ手の甲が覚えていた。

机の普段使わない引き出しを開けて、一番奥にノートをしまう。鍵がないのが残念だった。

部屋の中を引き続きウロウロして、なにもすることが見当たらないのに不安という解決法のない心細さを抱えてベッドの近くに戻る。なんとなく、正座しながら布団の端を直してしまう。掃除は一応しているし、それはそれとしてこの後するとして、他には。

しまむらは私を招くとき、別になにもしていそうにないな、と思う。

いや自然体なようで実は掃除とかはしているのかな……と淡く希望を持ってしまう。

前にも何回か聞いたけど、今のしまむらは、どれくらい私のことを考えているのだろう。

私は……ずっとだ。他のことなんてほとんど目に入っていない。もちろん、この部屋でも。

私がしまむらのことだけ考えているこの部屋に、しまむら本人がやってくることを想像して、頬がチリチリした。……え、本当に来るのこの家に？　それで、泊まるの、と天井を見上げる。

それから、あ、と思い出す。

しまむらが泊まりに来るってお母さんに言っておかないと。正座のまま目をつむる。

耳が少し痛むほどの無音に紛れて、下から微かな物音がする。お母さんがいるらしい。

正座が床から離れるとき、べりべりとなにかが剝がれる音さえ聞いたような気がした。

気持ちというものは簡単に、そこにあるはずのないものを人に届ける。

幻視、幻聴。幻覚。幽霊だって、そういうものの塊なのかもしれない。

階段を下りて、聞こえてくる足音に近寄る。まだ明かりのついていない廊下に、その背中があった。

「あの」

呼び止めると、お母さんがびくっと上半身を震わせて固まった。

「なに？」

振り向くお母さんのぎこちなさは、私もよく知っている困惑だった。

中途半端な距離を維持したまま、暗がり始めた廊下で声が蚊のように飛ぶ。

「明日、しまむらが泊まりに来るって」

お母さんが目を丸くする。

「アレの娘が？」

「あれ？」

「ああ、なんでも……あの子が、うちに？　なにしに？」

私もなにをしに来るのか分からない。ただ泊まってみたいだけとしまむらは言っていた。

「泊まりたいから、泊まるって」

「そう……」

仰け反って、繋がることのない陸地がぶつかり合うようなやり取りに廊下が乾く。

「邪魔ならその日は外に出てるけど」

距離を置く。

お母さんのせいいっぱいの気遣いは、きっとそれなのだろう。

「別に……そういうのは、別に……」

言葉が形を変えない。バイト先の店長、ほぼ会話のないクラスメイト、しまむら。

私の少ない経験の中でも起きる言葉遣いの変化が、お母さんには上手く起きない。

「そう」

「うん……」

お母さんは険しそうな目つきのまま、腰に手を当てて。

「ろくにもてなしはできないけど、そうしたいなら、そうしなさい」

口下手を隠すようにすると、どこか突き放すような言い方になってしまう。

どれくらいの強さで相手を押せばいいのか分からない。

知っている難問だった。

それでもお母さんは。

「ここはあなたの家なんだから」

背を向けながら、それだけ言った。

私はそれになにか言いかけて、でも追いかけはしなくて壁を見る。

私の家の、廊下の壁を。

普段は意識もしない壁に手をついて、ぐっと、押す。

もう行ってしまったお母さんに向けて、中途半端に手を上げて、指も曲がり切らず、伸び切らず。

私とお母さんの関係を示すような手の形を、じっと見た。

そして、当日。というか、翌日。

わっと来た。しまむらが。複数形で。

「どうしてそうなるのあなたたち」

「母上といると空気悪くなるって抱月が心配してたから緩和してあげようと」

しまむらのお母さんの快活な笑顔が、お母さんの陰りをより強めた。

「あなたが来てその空気がどうなるとか考えない？」

「明るい……あまりにも……」

「眩しい」

しっし、とお母さんが手で払う仕草をする。その側をウロウロするしまむらのお母さんに溜息をこぼして大げさに顔を背けて無視した。その逃げた方にも回り込むしまむらのお母さんの足を無言のまま蹴ったので、ちょっと驚いた。

「うちの娘が来たら家を出てどっかで時間潰すつもりだったでしょ？」

「……そうだけど、なにか駄目なのそれ」

「許さねぇ！」

「私はあなたが家に上がるのを許したくないんだけど」

蹴られた足などものともしていないしまむらのお母さんは、ますます元気になる。

なぜか、しまむらだけでなくしまむら一家全員で泊まりに来た。これは、お母さんもそうだけど私も面食らう。

しまむら妹もいるし、お父さんもいるし、レッサーパンダもいた。……レッサーパンダだ。

目が合ってにこにこ笑顔で手を振ってきたので、こっちも窮屈に少し振り返した。

「急にこんなに来られても……夕飯、そんなに用意してないんだけど」

「それは運がいいのだ。なんと私がみんなの食材を鞄に入れているのだ」

「あ、そ」

「山と川でたくさん取ってきたのだ！　がんばったのだ！」

「随分短い名前のスーパーだことで。……布団もないんだけど」

「偶然にもみんな布団を持ってきているのだ。流浪の民なのだ」

「……ほんとだ、背負ってるね」

「のーだのだのだ」

「ムカつくんだけど」

「へけっ」

お母さんが人生の無駄を避けるように露骨に目を逸らして無視し始めた。

「楽しいとこに行くぜってお母さんに誘われて……」

じーっと、しまむら妹が私を見上げている。笑顔で応えようとして、左の頬が歪んだ。

楽しくなさそうだった。

「悪いかなと思って私は最初断ったんですが、家に誰もいなくなって寂しかったので……」

しまむらのお父さんがははは、と申し訳なさそうに笑っている。少し困ったような笑い方の目の細め方が、しまむらに似ている気がした。そして、その感覚もしまむらに通ずるものがある。ちょっと奔放というか……天然というか。

「いえもう、いいんですけどね」

肩を突っつくしまむらのお母さんの頭を、うちのお母さんが掴んで嘆息する。

「分かりませんが運ばれてきたのでお邪魔しますぞ」

水色の髪のレッサーパンダが諸手を上げて飛び跳ねている。

「……レッサーパンダが家に来るのは初めてね」

ははは、とお母さんが無表情のまま笑い声だけ上げる。レッサーパンダはそのまましまむらのお母さんが掴まえて肩車してしまう。収まるべき場所に収まったようにレッサーパンダは満足げだった。そうやって声が、広くない玄関を埋め尽くす。

うちにこれだけの声が重なるのは、きっと初めてだ。

「泊まりに行くって話をしたらこうなっちゃった」

妹と手を繋(つな)いだままのしまむらが謝るように苦笑しながら説明してくる。

「こうって……なんか、すごいね」

人混みもたくさんの人も、人がそもそも苦手な私は圧倒されてしまう。

しまむらと二人じゃないことに不満を持つ余裕もない。流れが強すぎた。

接着剤をべちゃっと大量にかけられた気分で。

しまむらの家は、やっぱり、すごく、変だ。

「いや、うちの母親がね……」

少しバツの悪そうなしまむらが一度目を逸(そ)らした後、ちょっと笑って。

すっと、踏み込む。

私の、耳元でささやく。

「未成年で二人きりの泊まりはまだ早い、って」

とん、と。喉の真ん中を正確に突かれたように、静かな衝撃が走る。

首と目の動きだけで返事をすると、しまむらが困ったように笑いながら靴を脱いだ。

「バレてるかもね」

なにかを顔から振り切るように、少し早足で頭(かぶり)を振って、しまむらと妹が家に上がる。お母さんやしまむらの両親、あとレッサーパンダも言葉をぶつけ合いながら家の奥へ向かって。

玄関に残されたのは、私だけ。

でも風が吹き抜けることはなく、頬の熱が留まり続ける。

バレてる。

意味をゆっくり理解して、足の裏まで垂れていった熱に慌てて飛び跳ねた。

『夏を一雫(ひとしずく)』

働いている私が言うのもなんだけど意外と忙しいし、なかなか潰れないわけだった。夏休みのバイト先、中華料理店は昼前から様々な顔ぶれが席を埋めている。客層は思いの外広い。子供連れも、汗まみれの労働者も、若い学生風もやってくる。

そこまで大きい店ではないけれど、賑(にぎ)わうとちゃんと私も早足になる。経験もそれなりに長いからどれくらい急げばいいのかは感覚で分かっているので、慌てることなく処理していく。しながら、時々目立つ赤い壁へと遠い目を向けて、考え事もできてしまう。

高校三年の夏、特に辞める意思もなくバイトを続けているけど、いつまでやろうと店を見回す。他の三年生はもう、受験勉強に手をつけてそれ以外には目もくれていないのかもしれない。私はそもそも、受験するのかもまだ考えていた。いや、あまり考えていなかった。

しまむらのことしか考えていなくて、今、日々の中で側(そば)にいることしか意識していなくて、そっちに気が回っていない。しまむらと一緒にいること以外興味なくても、一緒にいるために行き先はちゃんと選ばないといけない。しまむらは受験するのだろうか。

するなら、同じ大学に行く……？　になるのかな。

行っていいのだろうか。お母さんと相談しないといけない。

お母さんと。

外の快晴に、曇りを見てしまいそうだった。

そういうものを避けてきたから、私はこんなに貧弱なのかもしれない。そんなことを考えながら、身体が勝手に働くのに付き合っていた。

そうしてお客さんが少し減って落ち着いた頃、壁際に立って次の仕事を待っていると。

扉が開く。連動して小さな鈴が鳴る。

「いら……」

ららら。

「あ」

首筋の汗を気にするように入ってきたのは、私が一日中考えている女の子だった。

しまむらだ。なんの約束もしていないしまむらが、一人で店に入ってくる。「エラッシャーイ」と店長が挨拶して、しまむらが小さく頭を下げてから店内を見回してすぐに私を見つける。

目が合うと、しまむらの目尻が緩んで、柔らかい雰囲気が増した。

お盆を手に持ったまま、早歩きで近づくと「やー」と挨拶してきた。

「休みにも働いててえらいねぇ」

「な、なんで……」

ご来店を、という大きな疑問を汲み取って、言い切る前にしまむらが答える。

「暇だから昼ごはん食べに来ただけ」

「なんでここに」

「そりゃ安達がいるから」

　しまむらがにやにやしながら、私を眺める。チャイナドレスのスリットを思わず引っ張って脚を隠そうとすると、わざわざ回り込んで覗いてきた。更に回っていたら「遊ぶな」と店長に遠くから叱られた。確かに、就業中ではあったので咳払いして、一旦落ち着く。

「……お席好きなとこどうぞ」

「んむ」

　なぜかちょっと得意げなしまむらが、なんで来たのと思いつつ可愛いなとも思ってしまう。普段は来ないので油断していた。別に約束したわけではないから来ても、私としてはなにも言えないのだけど……のだけど、とその背中をじーっと見つめていると、急に振り向かれて驚く。

「な、なに……」

「視線を感じたから」

　なにか用かなと言いたげで、それはこっちが聞きたい。

　しまむらが席に着いた後、使い古したメニュー表を開く。

「ランチでもいいかなって思ったけどここ、量が多かったよね」

　うん、と頷く。特に唐揚げが、原価を考えているのだろうかと思うほど大きい。

「食べきれないと勿体ないから……チャーハンだけにしとこうかな」

「はい」

返事をしただけなのに、しまむらの肩が揺れる。

「接客態度のいい店員さんですね」

「お、おっけー」

「ご注文ご確認しなくて大丈夫？」

「だ、大丈夫さー」

頼りになるところをアピールして、できていないけど注文を伝えに戻る。

大勢のお客さんが来るときよりもよほど落ち着かない。

そわそわしながら仕事を続けて、足が地面に着いている感触がない間にチャーハンが出来上がる。炒めたネギと卵の匂いが湯気の中で色艶を強めている。今の格好でチャーハンを片手に持っていると、中華屋っぽいなと自分でも感じた。というか、中華屋だった。

「人気だねぇ」

チャーハンを届けると、しまむらがそんな揶揄を投げてくる。

レンゲを置きながら首を傾げると。

「お客さんが安達のことちらちら見てるからさ」

「え、そう？」

「気づかない？」

「いや……それどころじゃなくて」

しまむらのことしか考えていなかった、いつも通り。そうなると、周りの視線なんて感じ取る余裕がまったくないし、どうでもよかった。

「チャイナドレスの美女だもんね。なかなかお目にかかれませんよ」

「……ご、ごゆっくりどうぞ」

格好を改めて特別視されると、気恥ずかしさが募る。スリットを引っ張りながら、すごすごと壁際（かべぎわ）に逃げていく。しまむらはそんな私を楽しそうに見送って、笑っていた。

「友達だっけ？」

しまむらから離れると、店長がのったのった歩いて近寄ってきた。

友達。

ではない。

顔を上げる。

「彼女です」

言ってよかったのだろうかと思う反面、隠す理由も別にないと思った。

「んー？」と店長が最初、私としまむらをきょろきょろ見比べて。

「お前の女？」

言い方。

「彼女……」

「ふぅーん」

店長が目を凝らして、遠くの席のしまむらをじぃーっと観察する。

「あの、じろじろ見ないでください」

しまむらはチャーハンの具を確認していてこちらにはまったく気づいていない。なぜ確認しているのか分からない、でも夢中になっているので気づかないでほしい。細かく刻んだネギをレンゲに載せてなにがそんなに楽しいのだろうああでもしまむらが楽しそうならいいや。

「いい女だな」

「…………………………」

他人にしまむらを褒められるのは嬉しさと抵抗感の両方がある。そして、抵抗感の方がやや強い。

しまむらが、他の人の視線に強く晒されているのが、嫌だ。

「お前、面食いか？」

そんな疑問をぶつけた店長が、軽薄に笑いながらのっしのっし離れていく。

面食い。初めて言われて、思わず顎を撫でる。

「そうなのかな……」

私はしまむら以外の人の顔を気にしていないから、よく分からない。

もちろん、しまむらは美人だと思っている。これ以上はいない。断言してもいい。いや本当はいるのかもしれないけれど、私の心に届く美はしまむらだけだった。

思えばしまむら以外のものを、美しいと感じたことがない。

私が知っている美しさというものが、きっとしまむらだけなのだろう。

それで十分だった。

まぁでも、しまむら以外いらないというのが私にとって一番の贅沢であるなら、なるほど面食いなのかもしれなかった。

それからしまむらはチャーハンを食べ終えて、他には特になにもないようにレジに向かった。

「また来るね」

「えぇー……」

「うそうそ」

しまむらがその反応を期待していたように笑う。

「ただ今日はちょっとさー……」

「ちょっと？」

やっぱりなにか用でもあったのだろうかと、続きを待っていると。

「安達をちょっと見に来ただけ」

なにか言い訳するように少し早口でそう言って、しまむらが出ていった。表に停めた自転車に飛び乗るようにして、振り返ることもなく走っていってしまった。

まるで普段の私みたいな逃げ方で、しまむらがそんな様を見せるのは珍しくて。

見に来ただけ、というその言葉を何度かなぞり。

はっとする。

もしかして、まさか。そう思うのだけど。

会いに来たのだろうか、私に。

会いたかったのだろうか、あのしまむらが。

私に。

自意識過剰を怖がる反面、足が自然とばたつきそうな高揚感も芽生えて。

浮き足立つ、とはこのことだろうか。

頬より上に日が昇っていくように、夜明けの熱風が肌を吹きすさぶ。

すぐにでも確かめたいような、不確かな余韻に浸っていたいような。

よちよち歩きの情緒が迷子になって、嬉し涙を浮かべ始める。

夏休みって、悪くないものだった。

『虎子の間で一生を終える系女子』

「めんどくさい彼女みたいなこと聞いていい？」

　学校の帰り道、別れる前に二人でうろうろしているときのことだった。うろうろとは本当に学校の正門前をうろつく行為で、自転車の車輪が断続的に音を刻んでいる。しまむらと私の家の方角は嚙み合わないので、帰宅するとなるとすぐに別れてしまう。それを惜しんでぐるぐる回っているのだけど、付き合ってくれていたしまむらがそんなことを言い出した。

「え……ど、どんと来い」

　普段は、いやそんなことは実際あんまりないと思っているのだけど、どちらかというと私の方がそういうことを言いがちかもしれないと考えているので、しまむらからそういうのを聞くのは新鮮だし緊張もした。車輪の音が軽く頭の中で渦巻く。

　とことこ歩きをお互い継続したまま、しまむらが私の顔を覗くように少し屈む。

「安達ってどれくらいわたしが好き？」

「…………へけっ」

　肩が上擦って、車輪の音のテンポが変わる。

　前に私も、しまむらに同じことを聞いた気がする。覚えているのか、しまむらがにやーっとしている。意趣返しというやつだろうか。私がどれくらい好きかって、それ以上とそれ以下がないくらい、好きだ。他に一切、ない。なにもない。しまむらだけだ。

あれ、ていうか私のことやっぱりめんどうくさい彼女だと思ってる？

そうかな。そうでもないような、気が、ちょっとくらいはしているような。

「世界で一番……好き」

目を逸らしつつ、いつも色んな形で届けているつもりの本心を伝える。

「ふーむ」

「え、足りない？」

宇宙？　と空を指差すとしまむらはノーノーと手を横に振る。

「それは位置なので、量を聞きたいですね」

「ん、ん……………んんん？」

しまむらが哲学的な訂正を要求してきた。世界一って位置なの？　いや、位置……位置かな。

地位？　それで、量？　どれくらい、確かに量なのかな。量……いっぱい、たくさん。

正門前をずっと二人でぐるぐる歩き回りながら、相応しい表現を探す。

「うぅん」

「がんばれー」

しまむらが気軽に応援してくる。こういうとき、口下手な自分がもどかしい。

大変なのが身に染みてきたので、これからはしまむらにあまりめんどうくさいことは聞かないよう努めよう、と今は思った。明日になって頭が真っ白になったら忘れていそうだった。

量であっても、すべてなのは間違いない。私の世界を構成するものすべてがしまむらだ。私のすべてをしまむらが埋め尽くしている。それを、どうやって上手く表現すればいいのだろう。

そのまま伝えてしまってもいいのだけど、それは量なのだろうか。

量……量ってなんだろう。いや多分、しまむらも本当にそれが聞きたいというわけではないと思うのだ。なんというか……私が一生懸命考えて答えること自体を望んでいるというか。

だから私はしまむらを見て、見つめて、涙のように下唇に溜まってはこぼれ落ちるそれを届ける。

「私の昨日も今日も、明日も全部しまむら」

それが、率直に胸の内から生まれた好き、だった。

心というのは一度それで満たされてしまうと、他のもので空虚を埋めることはできない。

無理に埋めようとしても、より深い破綻を招くだけだった。

私なりの答えを受けて、しまむらがまずは私の目を覗く。それから強い風に吹かれたように、顔を傾かせる。

「なるほどね」

どれくらい満足したのか、顔を傾けたまま空を見上げて笑い出す。

「は、はい」

「なにかのキャッチフレーズみたいだね」

「そ、そうかな」

私のしまむらとの時間に飾れる言葉かもしれない。

「誰かの明日を背負うって、なんだか大御所になっちゃったな」

「あ、いやあの、背負うっていうか、一緒に歩いて行こうねって……」

重くないですよ、と私の思われがちな部分を和らげようとする。

しまむらがその言い訳を笑いながら、ぴょんっと、私から一歩分離れるように横に跳ねて。

その勢いで片足立ちになったまま、踊るように回る。

「今度聞かれたら、わたしもそれ使おうかな」

「え……」

「そろそろ帰ろっと」

しまむらがチャカチャカと早送りみたいに急いで離れていく。呆然としつつ見送りかけたけど、やっと意識が追いつく。

それを使うってことは、しまむらの昨日も今日も明日も。

ぼっと、熱が頰と足の裏に灯る。じっとしていられない。

「お、おーい、しまむらー」

しまむらが笑いながら逃げていこうとするのを、自転車にも乗らないまま走って追いかける。

「追っかけてこないのー」

家からどんどん離れて、しまむらに近づいていく。

それは私の、いつかの未来を示すものかもしれなかった。

『義母面談』

最初は自分が呼ばれているとは思わなかった。

確かに「おーい」と声は背中から聞こえたけれど、しまむらの声ではないとすぐ分かったので違うだろうとそのまま自転車を走らせる。しまむらは帰ったらなにをしているんだろうとかいつも通りそんなことばかり考えてて、よくこんな不注意で毎日無事に行き来しているなぁと少し思わなくも「おぉぉぉぉぉぉぉぉぉぉおおおおいいいいいいいいいいいいい！」

呼ばれたとかではなく、驚いて振り向いた。叫び声をあげた人はやっと反応があったことに満足するように、送り出した船が向こう岸に辿(たど)り着(つ)いたのを喜ぶように、笑っていた。

私の自転車に追いつこうと全力で駆けてきているのは、しまむらのお母さんだった。腕も思い切り振って全速力で追いかけてきている。肩幅が広くなったと錯覚するほどの力強い走り方だった。そして若干怖ささえありながら自転車を止めると、私をあっさりと追い抜いていった。

勢いよく追い抜いた後、軽やかな足取りで引き返してくる。息が乱れた様子もなく、こう言うのもなんだけど、動きがしまむらより溌溂(はつらつ)としていた。

「呼ばれても無視するとかお母さんそっくりじゃない。いいね！」

「いや、私とは思わなかっただけ……」

でもお母さんは本当に無視していそうだった。

「はーい」

なぜか影絵のキツネを指で形作って、こちらに向けてくる。反応しづらい。

「こ、こんにちは」

取りあえず挨拶すると、しまむらのお母さんがキツネを増やしてきた。そしてこちらが困るのを見届けて、満足そうに肩を揺すっている。やや短めに整えた髪は水を含んだようにしっとりとしていて、塩素の香りがした。

「ああ、ジムの帰りね。安達ちゃんのお母さんはもっと早く帰っていったよ」

「そうですか……」

お母さんがジムに通っていることも最近まで知らなかった。家にはしまむらのお母さんみたいにプールの余韻を持ち込んでこない。お母さんはちゃんと髪を乾かして整えてから帰るのだろう。

だから、家には生活の匂いが薄いのかもしれない。

閑話休題。

それで……しまむらのお母さんはなんで、走って追いかけてきたのだろう。

「あの」

「元気そうだね安達ちゃん！」

「は、はい」

「実は私も結構元気なのだ」

知ってます。

「あの」

「なぁに」

その促し方が、しまむらのたまに発するものと同じで少し……変な感動があった。

「なにかあの、用、かなって」

「色んな人がそれ聞くけどさ、用の有無でみんな声かけるか決めてんの？」

しまむらのお母さんが興味本位で目を丸くしながら質問してくる。

同級生のお母さんが話しかけてくるときは大抵、用でもありそうなものだ……と、思う。

「大体の人は、そう、かも」

「そういうもんかな。私は好きだけどね、無意味に話しかけるの」

今もそう、としまむらのお母さんが笑うのを見て、でも思い返せば、私もしまむらに用事もなく電話するし、近づいてもいくことに気づく。仲良くなりたいとか、時間を潰したいとか、心は一つじゃなく、細かいものが寄り集まってできている。無意味なことなんてなく、些細な思いつきもまた自分の答えかもしれなかった。

「学校の帰りでしょ？　今日は抱月と遊ばないの？」

抱月と言われても最初、しまむらと綺麗に繋がらなかった。普段、しまむらはあまりにしまむらだった。

「あ、今日はこの後、アルバイトに行くから……」

「へぇー。あ、中華屋さんで働いてるんだったっけ」

「はい……」

「あっはっはっはっは。私と話すの嫌そう」

なんでそんなことを大口開けて心から楽しそうに言えるのだろう。

「嫌っていうか……」苦手。困惑。「む、難しいです」

「私はさぁ、話しにくい相手っていうのがいないから分かんない感覚なんだよね」

強い生き物が目の前にいた。

「そう言ったらあなたのは会話じゃない、だってさ」

なっはは、とさも傑作とばかりに笑っている。誰がそう言ったのか、少し考えて。

「お母さんが……？」

「そうそう。めちゃくちゃ嫌われてるの」

この人とは、楽しさを感じる部分がまったく異なるのかもしれない。なにを笑っているのかも摑めない。私がしまむらに嫌われていたら……死ぬ？　最悪、死ぬ。そしてその前にしまむらにすがりついて、信じられないほどの醜態をさらすのだろうなと確信する。

……嫌われないようにしないと。でも私はしまむらじゃないから、しまむらの考えていることは分からない。だから、相手に好かれ続けるというのはとても難しいことだった。

それこそ、毎日の時間をすべて注いだってちっとも上手くいかないくらい。

「家あっちだったよね」

「はい……」

うんうん、とそのまま並走するようにとことこ歩き出す。まさか家まで一緒に歩くつもりだろうか。まさかね、と愛想笑いをなんとか浮かべようとしている間、しまむらのお母さんが無遠慮に私を見つめてくる。木にくっついた蟬でも見つけて、好奇心で寄ってくるような目つきだった。肩を押されているわけでもないのに、思わず仰け反りそうになる。

「抱月に彼女ができるとはねぇ」

なんてことはないように言うものだから、一回、前を向くくらいの時間があった。

遅れて、かぁっと血が巡る。

え？

彼女って、普通に言われた。

まさかしまむらは家で普通に話しているのだろうかと、様子を窺うと。

「あ、やっぱりそうなんだ。顔で返事してくれてありがとう」

顔で、と頰をぺたぺた落ち着きなく触る。耳まで熱いのを確認して、隠せていないのを悟る。

そういえばこの間、しまむら一家がなぜか揃って泊まりに来たときもそんな話をされた。バレてるかも、って。バレてた。別に、悪いことではないから知られていてもいいのだけど。でも彼女のお母さんににこにこ、明け透けに指摘されると流石に気恥ずかしいものがある。

「ねぇねぇ、根掘り葉掘り聞いていい？」

「だ、だめです」

なんで話したのって怒られそうだし、しまむらに。

ちぇっ、としまむらのお母さんが子供みたいに舌打ちする。

「じゃあうちの娘のどこを気に入ったかは聞いていい？　そこが一番興味あるから」

一個だけ質問、とばかりに人差し指を立てる。

「私も流石に一緒に暮らしているから、抱月の良いところ、悪いところは分かってるつもりだけど安達ちゃんから見たらまた全然違う部分を評価しているかもしれないからね。そういうのを聞いてみたい」

砂浜に届いた強い波が漂流物を残すように、唐突に真面目な問答を目の前に置いてくる。

この人はどこまで色々と考えているのか摑みづらくて……変な人だった。

真面目に聞かれたのだから、こっちも自転車を押しながらちゃんと考えて。

「まずは全部、いいなっていうのが前提で」

「あれ思ったよりレベル高いな」

「私って、あの口下手っていうか……喋(しゃべ)るの得意じゃないんですけど、しまむらはそれに付き合ってくれるんです。ちゃんと、私の話を全部聞いてくれて……それを、楽しそうにしてくれて……」

しまむらのいいところなんて他にもいくらでも思いつくけれど、どこを見てなにを語っても褒めることしかできないのだけど、まず目につく輝きはそれだった。それを温かさとか優しさとか、そう表現すればいいのかは分からない。分かるのは、しまむらが私といることをいつも選んでくれること。私はその善意にも似た気持ちを、絶対に無視してはいけない。

そこを、ずっと見失わないようにここまで来た。つもりだった。

「なるほどね。あの子は確かに、昔から面倒見はいい方だった」

ふんふん、としまむらのお母さんが嬉(うれ)しそうに頷(うなず)く。きっと、しまむらのお母さんが感じているしまむらの美点と重なったのだろう。しまむら妹からの懐(なつ)かれ方(かた)を思えば、私の見ていないところでもどういう在り方か分かるというものだった。

「あと、すごい可愛(かわい)い……かわいい」

しまむらの可愛(かわい)さを意識する度。

ふわふわした触り心地のいいものを抱きしめるような、そんな愛(いと)おしさが溢(あふ)れる。

「んー、私には最近可愛(かわい)げがないからなぁ。いかんよなぁ」

愚痴られてしまう。

「相手をパッと見ていいなと思えるのは、関係を続ける上でとても大事なことよ」

そこから間髪入れずにすぐ態度を変えて返事をするから、その緩急に戸惑う。

きっと、お母さんもこういう部分にはまったくついていけなくて、翻弄されるのだろう。

「いーじゃん。あれもラブ、これもラブ」

「あの、電柱にはラブは……」

空とか家屋の屋根とか、しまむらのお母さんの指差すラブに心当たりがない。

「これからもっと長くやっていくと、抱月と嚙み合わないとこ、気に入らないとこも……」

「ないです」

意識より先に言葉が走った。

出てしまった即答にしまむらのお母さんが目を丸くする。その視線に気圧されながら。

「ない、と思います」

今度はちょっと折れそうな硬さで、それでも否定を打ち立てる。

なにを話そうとしているのか、概ね理解しても、やっぱりそんなことはないと思える。

しまむらに、気に入らないところなんかない。たまに意地悪になるところも、素直な気持ちをすっと後ろに隠してしまう繊細さも、みんな……みんな、好き。好きだ。

しまむらの雑多な形の気持ちに寄り添おうと、私の心も姿を変える。強張るように硬い、不器用な自分の心が柔らかくなっていくのを実感する。その柔軟性が、私に微かな人間らしさをもたらすのだ。

「ほほぅ。ま、私にできないことが安達ちゃんにはできるかもしれないからね」

しまむらのお母さんが、私の自転車のベルを一度軽く鳴らす。そして手持ち無沙汰のように籠と鞄を突っつきながら、私に向けてまた笑う。

「最近の抱月はさー、休日に出かけるとき身支度に気合入れてるから分かりやすいんだよね」

「え」

「愛されてんね！」

いい笑顔と勢いで、肩をすぱーんと少し強く叩かれた。

その肩の熱がじんわりと広がっていく中で、しまむらの隠していたいことを一つ知ってしまって。

「はへ……」

締まりのない笑い声で抑えるのが、せいいっぱいだった。

自転車の車輪の回る音が、頭の中にずっと響く。

ちなみにしまむらのお母さんは本当にうちの前までついてきた。

「えーい」

呼び鈴なんて押して、自分は颯爽と隠れてカメラに私を映してぇどうするのこれと困って、訝しみながらも出てきたお母さんの前にバッと飛び出す。悪戯好きの子供みたい、というかそのものの動きで現れたしまむらのお母さんに、うちのお母さんが細めた目はなにを物語るのだろう。呆れも怒りも困惑も、およそ心が惑いそうなものすべてが込められている気がした。

「なにあなた」

「私が映ってたら絶対出てこないっしょ！」

「そんな話はしてないんだけど……」

なんだこれはと、お母さんが私に目で尋ねてくる。私に聞かれても、困る。

「なんか、ついてきた……」

「そして満足したので、帰っていくのであった」

ばいばーい、としまむらのお母さんがこっちの空気など無視してさっさと離れていく。

同じような形の肉体の内側に留まっているはずの魂が、本当に自由に動き回る人だった。

そして、私とお母さんだけが残されて。

お母さんは、少し目を逸らしながら。

「おかえり」

「……ただいま」

どんな形でもお母さんに出迎えてもらったのは、久しぶりかもしれなかった。

『当たるは予言、外れるは運命』

　確かに聞こえたけれど、今度こそ違うだろうと思ってそのまま歩いていた。

　連日そんなことはないだろうという、根拠のない拠り所が振り返りを拒否した。

「うぉぉぉぉいいぃぃぃぃおいいおいいい」

　またか！　と強い既視感……既聴感？　を覚えて振り向くと、さほどの大声ではなく単にすぐ後ろにいただけだった。だけではない、間近で目が合ってめいっぱい驚く。

「のへ！」と首の後ろを痛めそうなくらい仰け反ったうえに、その姿勢のまま固まってしまう。心臓が身体だけ置いて走り出したように、一足先に鼓動を増していた。

「いつも反応が元気だから面白いですねぇ」

　あの占い師だった。私の知っている占い師はこの人しかいないので、あのもこのもないのだけど。田舎町には少々浮いた格好をした占い師の瞳が、薄いヴェール越しに私に笑いかけていた。

「お久しぶりですね」

　なぜか影絵のキツネを指先で形作る。なぜそこまでなぞるのだ、と共謀でも疑いたくなる。

「それ流行ってる？」

「さぁー、私以外にやってる人います？」

「ついこの間一人いた」

「それは大変興味深い。ま、それはさておき」

おいでおいでと手招きしてくる。いつも通り椅子やら机やらを構えているけど、きっとまた無許可なのだろう。だって今日店を開いている場所は、バイト先の中華料理屋の駐車場なのだから。まだ営業時間外とはいえ、よくここまで堂々と設置しているものである。

こんなところでお客さんなんて引っかけられるのだろうか。……私か？

露骨に避(よ)けて逃げるのも抵抗感があるので、嘘(うそ)をついてみることにした。

「今日お金、えぇっと、百円しかないです」

「あるじゃないですか」

「……百円で？」

「百円どうぞ」

着席を促すように、笑顔と手の動きで歓迎される。逃がすつもりはないらしい。

店先から覗(のぞ)ける場所で付き合っていていいのだろうかと思いつつ座る。

座りながら、白状する。

「本当はもうちょっとあります……」

「あはははは、正直な人。その正直さに免じて百円でいいですよ」

嘘も全部見透かされているらしい。しまむらもそうだから、きっと、私は嘘が下手なのだ。

会わない間に、水晶玉のヒビが広がっている気がした。縦に大きく残るそれは、大地に宿る引き裂き傷のようだった。

「どうかしました?」

視線を読んで、占い師が尋ねてくる。

「いや……こんなので生活できているのかなって」

「ああ、副業も結構やってますからね。こっちは本業でありながら、趣味の側面も大きいというか。シーズンが来るとたこ焼き作りを手伝ったりもしています」

そういえば、去年の夏祭りの会場にもいたのを思い出す。去年の夏祭り……改めて思い出そうにも記憶が半分ほど飛んでいて、いくら時間を経ても決して埋まらない。舌を噛んで血を吐いたのは覚えているのだけど、細部があやふやだった。よっぽど頭に負荷がかかっていたのだろう。

だってあの告白が断られたら私の人生は終わっていたのだ、きっと。

「どうです彼女とは。上手くやれてますか」

世間話のようにそんなことを聞かれて、この人にそこまでしっかり話したことがあったかを、目を回しながら考える。しまむら以外への記憶が非常に乏しく、まったく思い出せない。

まぁもうなんでもいいか、と素直に答えておいた。

「ん、うん。まぁまぁ、いや、いいと、思う」

最後は少しだけ背筋を伸ばして、言葉に芯を与えた。ふぅん、と占い師が目を細める。

「順調ですか。じゃあ別に言うことないですね」

頬杖をつき出した。

「不安がない人って私の客じゃないんですよねー」

「客になるつもりもなかったんだけど……」

「まぁ仲いいならよろしいいんじゃないですかぁ。あ、ラッキーアイテムはホラー映画でーす」

サイコロでも振って決めたような適当な運勢を告げてくる。一体この会話でなにを占ったのか。

「ホラー映画で二人の距離が物理的に近くなりまーす。いい思い出になりますねー」

「安易な……」

そういえばしまむらは、ホラーものとかどうなのだろう。しまむらはああいうので動じる気がしなかった。案外、苦手だったりするのかな……？　でも苦手なものを一緒に見ようというのはどうなのか。大体、見てなにが起きるのか効能が想像できなかった。

訝しんでいると、占い師が「じっと見ていても占いませんよ」と自分を否定してきた。

「やですねぇ、百円で占うわけがないじゃないですか。単なる雑談ですよ」

手を団扇みたいに振って、水晶玉をビタンビタンと叩く。

「はぁ」

じゃあ今のラッキーアイテムは一体。

「はい百円」

そこは譲らないらしい。なんで雑談しただけでお金を徴収されるのだろうと内心疑問を抱きつつも、財布から百円玉を取り出してその手のひらに置いた。「確かに」と手をすぐ引っ込める。

「思い出はいいものですよ、薄れることはあっても淀んで腐ることは決してない」

百円玉をぎゅうっと握りしめて、そして手を開く。

「わ」

握っていたはずの百円玉が消えていた。その成果に満足するように、占い師が笑う。

「思い出、たくさん作っておくといいですよ。ではまた」

手際よく片付けて、荷物を纏めて、格好の重さと裏腹に軽快に走り去っていく。そしてそれと入れ替わるように、店から店長が姿を現した。逃げていく背中を一瞥した後、視線が私に向く。

「追いかけんかい」

「え、私？」

「違った。追い払わんかい」

「……それは私ですね」

残った自分と椅子を見下ろす。気づいたけどこの椅子、うちの店のものだった。

「やぁー！」

店長がただ引っ込むのもつまらないとばかりに近寄ってきて張り手を入れてくる。

なぜか私が追い払われそうになった。

『もちもちのあだち』


「また懐かしいものが並んでるねぇ」

帰りに寄ったコンビニのお菓子コーナーでしまむらが足を止めるので、側に引き返す。買う予定だった飲料水を片手に、棚の前で屈むしまむらの上から一緒に覗く。

普段は前を通り過ぎたとしても気にも留めない、お菓子コーナーの端。

いわゆる、駄菓子というやつが揃っていた。

「昔、家の近所に駄菓子屋っていうか雑貨屋？　くまでとか箒とか植物の種とか色々売ってるとこがあってお菓子もあったから結構行ってたんだ。おばあちゃんが一人でやってて、うん、まぁそんな思い出」

「ふぅん……」

そういう店舗を見かけたことがないので、説明されても頭に上手く形作れない。しまむらはたまに親とスーパーに行ってた頃の話をするけれど、私にはそういう記憶もない。子供の頃の私は一体、なにをしていたのだろう。

並んでいるお菓子は色合いがよく言えば派手な見た目のものが多い。悪く言えば、目に攻撃的。どれも原色のパッケージで目を打ってくる。そして値段がどれも安い。他のものではなかなか見ることのできない少額設定だった。

「安達はこういうの食べたことない？　ないよね」

質問に答える前にしまむらが自問自答にしてしまう。合っているけど。

「安達は都会っ子だからなぁ」

「同じ市内の生まれなんだけど……」

雰囲気雰囲気、としまむらが笑う。そしてしまむらがお菓子を一つ手に取る。透明な容器に入ったさくら色のお菓子だった。餅っぽいものが小さく、四角く容器の中で区切られている。さくらんぼ味と書いてあるそれを買うつもりなのか、手に取ったまま立ち上がった。

「まだあるんだねこれ。好きでよく食べてたやつ」

「へぇ……」

「ていうか知らない味も結構ある。進歩してるね」

同じ枠の中に並んでいる、別の色をしたお菓子をしまむらが最後にもう一度覗く。緑や青といった、あまり味の想像できない顔ぶれを一瞥してから一緒に会計に向かった。

買い物を済ませて表に出てから、駐車場の壁際に移動する。今日は日差しも穏やかで、日の下に立つのも強い抵抗がなかった。止めてある自転車の籠に二人で鞄を入れて、買った飲み物とお菓子を開ける。同封されたつまようじで刺して食べるらしく、しまむらが小さな餅を一つ口に含むと、にまーっと頬を緩めた。

味以外も感じている顔だった。

その記憶に私がいないのが、歯がゆい。

そうした視線を受け取って、しまむらがつまようじに刺した餅をこちらに差し出す。

「食べる？」

「……じゃあ、一個だけ」

そのまま口に運んでもらう。ちょっと腰が引けつつ、唇で摘むようについばんだ。

噛めば控えめな甘さと確かな食感の訪れる、素直な味わいだった。

淡い味付けで、きっと、しまむらが感じるほどの味わいを私が体験することはない。

「……………………」

今はまだ。

しまむらと出会ってからの時間より、出会っていない時間の方が圧倒的に長い。

それが逆転するまでが、もどかしいほどに遠かった。

自分を取り巻く焦りの一つに、きっとそれがある。

「どう？　意外とおいしくない？」

しまむらの感想を求める声に、「うん……」と曖昧に頷きながら。

考えて。

動く。

「ちょっと持ってて」

飲料水のペットボトルをしまむらに預けて、コンビニ店内に戻る。買い忘れかとしまむらの声が聞こえたけど、これは買い足しだ。思い出を買う。

さっきの駄菓子コーナーに向かって、同じお菓子のグレープ味を取る。これが一番、無難そうな味だった。それだけを買って、すぐしまむらの元に帰る。そして、封を開けた。

「安達(あだち)？」

しまむらが少し笑いながら、私の様子を見守っている。

「私とも、思い出を作ろう」

ただ一緒にいる時間を増やすだけでは終わりたくない。振り返れば輝きで、一番奥の始まりがすぐ見えないくらいにたくさんの交わりが欲しい。そういう思いを込めた、お揃(そろ)いのお菓子だった。

その気持ちは、どれくらい伝わったのだろうか。言葉にしないものが、届いたのだろうか。

しまむらが「あはっ」と、気持ちのいい笑い声をあげた。

それから私の買ってきた駄菓子を見つめて、「知らない味だね」と微笑(ほほえ)む。

「一個いただいてよろしい？」

「ど、どうぞ」

つまようじでグレープ味の餅を刺して、しまむらの口にゆらゆらと運ぶ。

しまむらはそれを私よりずっと滑らかに受け取って、柔らかく顎を動かす。
「おいしい」
しまむらの声と笑顔はいつも温かい。
私の不器用で硬い心を溶かして、別の形を教えてくれる。
私も、グレープ味の餅を一つ摘む。
今度は私も、その甘酸っぱさをより感じられる気がした。

『天稟ありしすくたれ者』


「んー……んー」

その何の気なさそうに向けられる視線に、こっちは変な汗が浮かぶ。目がぎょろつく。

つい、降参するみたいに小さく両手を上げてしまう。しまむらはその手のひらも値踏みするように観察してくるものだから、なにを隠せばいいのか分からなくなる。

放課後、校門まで一緒に帰ろうとしまむらに近寄ったら、そんな視線を頂戴した。

「ど、どうかした？」

なにかしたのか、それともなにか外見に粗相があるのか。思わず顔を触って確認する。しまむらは私がそうやって慌てふためくことに満足したように、頬杖をついたまま笑った。

「いや、わたしが安達に勝てることってなにかないか考えてた」

そう話しながら、しまむらが鞄を持って席を立つ。勝てること、と反芻しながら一緒に教室を出る。廊下を歩きながら、しまむらは相変わらずちょっと変わったことを考えるなぁと思った。

「いっぱい、あると思うけど」

「ほほぅたとえば？」

ある種の期待と好奇心に瞳を彩りながら尋ねてくる。取りあえずいっぱいとは言ってみたけど、改めて具体的に聞かれると、咄嗟に思いつかない。そもそもしまむらと競い争う機会がない。いやでも、私がしまむらに勝ったと思えるときなんてまったくない。皆無と言っていい。卓球をやったときは少し思ったけど、それ以降はおっかなびっくりの毎日で、しまむらに翻弄されて満たされて煽られてしがみつく日々であるから、そこに勝利の感覚はない。

だから、常に私はしまむらに負けているはずなのだ。

しまむらの風下にいる。

ということは間違いないのだけど、しまむらはきっとそれでは納得しないだろう。

「なさそうだね」

なぜか勝ち誇られてしまう。それなら今、しまむらが勝っていないだろうか。

「えっとじゃあ……今、しまむらが私を押したら勝つと思う」

私はとてもしまむらを押し返せないので圧勝してしまうだろう。壁にぶつけられて飛び散ってしまうかもしれない。階段を下りながら、しまむらが私の顔を見上げる。

「安達が本気でやったら負けるでしょ。わたし文士みたいな名前だし」

「な、名前？　いや、や、やらないよ？」

「やらないなら勝負になってない」

ははは、としまむらが笑う。

「ま、色々やって探してみるか」

しまむらのそういう、いい意味で明るく軽やかな判断に私は何度救われてきただろう。

下駄箱で靴を履き替えながら、しまむらがなにかしらの方角を指す。

指先が下駄箱を突っついているけど、どこを目指すのか。

「というわけで今日のデート先が決まりました」

「え」

行こう行こうと、しまむらが私の肩を押してくる。

早速なんらかの勝負が始まるらしい。

押されながら、今日もデートできるんだ、と取りあえずそこに喜んだ。

しまむらの後ろになにも考えないでついていくと、まずしまむらの家に着いた。

そして入っていったしまむらが鞄の代わりにボールを持ってすぐ出てきた。

「バスケットボール？」

「さぁ行こう。急がないと日が暮れちゃう」

「おかえ……って待てどこへ行くー！」

しまむらのお母さんの騒がしい足音が聞こえた途端、「逃げろー」としまむらが走り出すので、私もわぁわぁと一緒に走った。しかもしまむらのお母さんが本格的に走って追いかけてきたので、途中から本気で走る羽目になった。この人は走るものを見ると追いかける習性があるのだろうか。いつかの帰り道に追いつかれたときのように、軽やかに私たちを追い抜いていった。実にフットワークの軽いお母さんである。ていうか足が速い。信じられないくらい速い。倍速で再生されているからシャカシャカ動いてるのではと疑うほどに。

「おかえり」

「ただいま」

結局逃げきれずに首根っこを摑(つか)まれたしまむらが不承不承と挨拶する。

「で、今からおデート？」

「さぁーどうかなー」

不服そうなしまむらの様子に、しまむらのお母さんが私へ目配せしながら悪戯(いたずら)っぽく笑う。

ああ、しまむらはまだ話していないしお母さんの方も黙っているんだ、と理解する。

きっと、お母さんはしまむらから話すまでは知らないふりを続けるのだろう。

「あまり遅くならないようにね。安達(あだち)ちゃんも」

「はい……」

「じゃ、いってらっしゃい」

それだけ言って、ぺっとしまむらを離す。投げ出されたしまむらが振り向いて睨(にら)みつけても、しまむらのお母さんはもう私たちに背中を向けて帰り始めていた。そして気づいたけど、背を向けたしまむらのお母さんの背中に小柄なタヌキが張り付いていた。

……タヌキ?

「ほんと、なんなんだろうねあの母親は。本気で追ってくるとは思わなかった」

襟を直しながら、しまむらが愚痴る。タヌキには一切の言及がないので、私も見なかったことにした。

「あの、仲いいね」

「見ようによってはそうかもね。どうせ見つかるならついでに着替えてくればよかったかな……いや、いいか」

行こう、とすぐ気分を切り替えたしまむらがバスケットボールを弾ませる。そして自然と私の手を取ってくるものだから、あふぉひ、と口の中で変な声が渦を巻いた。

「あ」

しまむらも無意識だったのか、握ってから気づいてこちらを見る。

「間違えた。ま、いいか」

ごまかすように、にっこり笑顔でにぎにぎしてくる。

間違えた、という表現に様々な疑心が芽生えた。

「間違えたって……誰と?」

手を握るような相手が私以外にいるというのかと喉の奥から一気に頭頂まで熱が駆けあがる。しまむらはそうした私の変化にさほど気を配らず、いつも通りといった様子で答える。

「いや妹と……」

「あ……あぁ……そう」

それなら、妹なら仕方……しかた……仕方、ない。本音を言えば抵抗があるけど。

でもそれを言ったらきっと、しまむらでもいい顔をしない。それくらいは私にもわかる。

だから私は、しまむらの妹を、認めなければいけない。

嫌な人間になっていいところと、なってはいけないところ。見極めできるようになるのが、これからの私の課題かもしれなかった。

「い、妹じゃない……やい」

拗ね方も勢いがなかった。萎びたクチバシで突っつかれたようなしまむらが、私の態度に満足したように頬をほころばせて、中途半端に摑んでいた手を綺麗に握り直してきた。

片手だと自転車が少し押しづらいけれど、それでも離してほしいとは思わなかった。

そうして、しまむらに連れられて行った先はぐるぐると螺旋を描く橋の下だった。橋が作る大きな陰の中には掃除されていない汚れたベンチと、古そうなバスケットゴールがあった。ボールを持ってきた段階で想像はついていたけれど、今日のデートはバスケットらしい。デートがバスケットってなんだろうと首を傾げながら、見える位置に自転車を止める。

ボールを手に馴染ませるようにばむばむ叩きながら、しまむらが不敵に笑う。

「ふふふ……よく考えたらわたしは昔バスケ部だったよ」

「よく考えたんだ……」

しまむらのそういう所々の緩さが私にはたまらない。

「ということでフリースロー勝負ね」

「はい」

「なんて素直ないい子なんだ」

頭を撫でられる。それだけでもう心情的には負けている。

「安達から先にやる？」

「あ、じゃあ、それで……」

どちらでもよかったけれど、頭を撫でられついでに素直に受け入れてしまう。

受け取ったボールの手触りは、中学以来のものだった。高校の体育でバスケットボールをこなした記憶がない。そもそもサボっていた時期もあったし。あの体育館の二階から覗けた無人のバスケットコートを思い出しながら、しまむらの示す位置まで移動する。

立ち止まってから見上げると、ゴールまでが結構遠くに見えた。

最初は額の近くに構えてみたけど、下から放り投げた方が届きそうな気がしたので、両手で掬い上げる形を取る。ゴールを見上げて、距離を測り、なんとなくこれくらいかなと未経験なりの判断で頼りない投擲を試みた。

手のひらから、音もなくボールが離れて浮き上がる。見えない壁を掴んで上りゆくようなそれがリングの手前に引っかかって、ゴンと音を立てる。そして跳ねて力を失ったボールがいい塩梅でネットに吸い込まれた。

「あれ」

短い驚きはどちらのものだっただろう。入ってしまった。ネットを通過したボールがぽんぽんと跳ねていくのを、しまむらが小走りで拾う。ボールを大事そうに抱えながら私の近くまでやってくるしまむらに、投げる場所を譲る。

「やるじゃん」

「たまたま」

謙遜すると、「ボールだけにたま、いやなんでもない」としまむらが途中で噤む。

「美人、バスケ、汚いベンチ……懐かしいなぁ」

思い出を一舐めするように、しまむらの舌が唇を軽く舐めた。

ボールを掲げるように、頭の上へと丁寧に、緩やかに構える。

迷いで弱々しい輪郭を描くような私の投げ方と違って、しまむらの跳躍と腕の動かし方には経験に基づくシュッとした力強い線が引かれる。淀みの少ない躍動、そして美しい放物線。

飛翔したボールは見えない天井に手をつけたように、頂点からゆっくりと落下する。

そして吸い込まれるように、リングに当たって弾かれて地面を転がっていった。

着地したしまむらが、右手首をカクカク小刻みに動かしている。

音と風が止まったように、無言の空気が一瞬流れた。

「がつーん」

振り向いたしまむらがなぜか、リングに弾かれた音を無表情に真似した。

「が、がつん」

「がしゃっの方が音近いかな」

「そ、そう……かも?」

私が首を傾げていると、しまむらがスタスタと行儀いい手足の動きで速やかにボールを拾う。

てってってと走って戻ってくるしまむらが、失礼だけど、ちょっと犬っぽく思えた。

「中学しまちゃんだったらここで舌打ちをしているところだった」

「え」

「高校しまちゃんはえへへと笑うのだった」

声以外、しまむらは別に笑っていない。そしてえへへへへと唇だけ動かしながらボールを渡してきた。

「さぁしょうぶはここからだぜ」

「声に抑揚がなくて怖い……」

「じょうだんじょうだん」

今度はちゃんと笑っているのに、声が笑っていなかった。

その後も私の放ったボールはなぜか割と入って、しまむらのボールは割と外れた。

そして外れたボールは私が動くより先に、常にしまむらが拾ってくるのだった。

「なるほど分かった」

何度目の勝負が決した後だっただろうか。既に額に汗が浮かびつつあったしまむらが、ボールを手の中で転がしながら晴れやかな表情で私に目を向ける。

「安達は、できる女だ」

なにかに納得するように、しまむらが言う。

私にまったく自覚のない、不釣り合いな、大きな評価を渡してくる。

「誇らしいよ」

自分のことみたいに。そう告げるしまむらの横顔に、悔しさは一切ないようだった。

ボールを何度か弾ませて、呼吸が整うのを待つようにゆっくりと、しまむらが時間をかけて。

そうして最後にしまむらの放ったボールが、ネットに擦れて沈むような音を奏でた。

昼間に音がなくて、日差しだけが部屋に届いていたのがきっかけだった。

ベッドに横になったまま私は、珍しくしまむら以外のことを考えていた。

考えている内容は、死ぬことについてだった。もちろん、私が死ぬわけじゃないけど。

私の家は、音が少ない。私もお母さんも物静かで、絡むこともなく、音が生まれなかった。

だから室内に自分以外の物音が存在しないのは日常と言えるのだけど、それでもまったくないわけじゃない。まだ私もお母さんも生きている。

もし死んでしまったのなら、そういうものが完全になくなる。

絶対にその音が生まれないのが、誰かの死ということだって、そんなことを考えていた。

可能性が消えるんだな、って思った。

当たり前だけど死んだ人間に会うことはできない。会えなければ、新しいものは生まれない。

だからその後は、集めた思い出を引きずって、ずっと歩いていくしかない。

そして引きずっている間に思い出をいくつも取りこぼしてしまうんだろう、きっと。

しまむらのことを一つずつ、或いは気づかない間にぽろぽろと忘れていくのは……嫌だな。

それを避けられないのが悲しかった。いや、しまむらより長生きする自信もないか。私は、どう考えても生き急いでいるから。きっとしまむらの方が長く生きるだろう。

それはそれで、申し訳ない気もする。

綺麗に、一緒に、死ぬところまで揃えられたらいいのに。

死ぬときは暖かい季節がいいかなとぼんやり思う。

寒いときにじんわり死んでいったら、寂しさが募りそうだ。

「…………………………………………」

起き上がり、電話を取る。変なことを考えていたら、しまむらの声が聞きたくなった。

『電話していい？』

確認すると、すぐに返事が来る。色よい返事を受けて、しまむらと繋がる。

『もしもしー』

「あ、もしもし」

『どうかした？』

「うん……しまむらの声が、き、聞きたいなって」

『あ～』

リクエストに応えるようにミュージカル調で声を聴かせてくれた。

「こ、声が伸びるね」

『ふっふっふ』

なぜか少し得意げだった。しまむらのそういう、時々見せる子供っぽさがたまらない。

本人に言ってしまうと気にしてやらなくなりそうなので、密かに愛でている。

『満足した？』

「もうちょっと、聞きたいかも」

『しょうがない。んー、のぁ～』

今日はそういう方向らしい。どういう方向に進んでいるのか分からないけど、後をついていくことにした。どこに向かおうと、私はしまむらを追いかけ続ける。それが、生きるということだ。死ぬことは思考が複雑になるのに、生きることは驚くほどシンプルだった。

私は、話が下手だ。自覚があるし、本当につまらないことばかり言っている。話題も膨らませられないし、喋りも拙く、話していて面白いわけがない。でもしまむらはこうして、楽しそうにお喋りに付き合ってくれる。私のどこかに、面白さ以外の楽しみを見つけてくれているのだ。

だから、疑っているわけではないけれど常に付きまとう不安を押しのけて、本当に、本当に、本当に私のことが好き……なのかな……って自惚れてしまう。そしてそれを感じて、こっちも、好き、って足の指が個別にバタバタしてしまう。前にこれを見せたら、しまむらが目を丸くしていたのを思い出して温かい気持ちに包まれた。

しまむらと、他愛なく、お互いの時間を融け合わせる。

一人きりの部屋で失われていたものが、溺れるほど溢れかえる。
ああ生きていると思い。
ああ、死にたくないと思う。
通話を終えた電話を手のひらで挟んで、ぐっと寄せて、祈る。
それはもしかすると、私の人生で一番の高望みかもしれない。
いつか、死んだ後も。
しまむらとの可能性がどうか、消えないでほしい。
死ぬことくらいで、しまむらと、離れたくなかった。

そして黎明に至る未来　ブライトブルー

『帰藤』


「床を掃除してほしいのかな？　どうかな？」

「はよやれ」

なぜもったいぶれる立場だと思ってるんだお前は、と足の動きで指図する。

「じゃあこっち半分がわたしで日野はそっちなっ」

「お前な」

　でもやった、暇だから。二人で庭に面した外の廊下を拭いていたら、通りかかったお手伝いさんが目を細めてこっちを見てきた。

　高校を卒業して何年か経った後、いつの間にか永藤がうちの家に就職していた。自称と採用の狭間にいるそいつはお手伝いさんの一員となった。もちろん、完全に縁故採用だ。ちなみに給料はない。本当にない。その代わり衣食住がこの家で保証されている。

　早い話、単にうちに住み着いただけとも言う。池に勝手に棲み始めた生物と大差ない。本人は気候のいい時期は庭にテントを張って生活したいとか計画している。しかも気まぐれに実家に帰るときもある奔放ぶりで、そういうときはなんならわたしも泊まりに行く。今日もそうだった。

勤務態度が適当でも、働くだけわたしより立派かもしれない。わたしは本当に労働していない。

どうせ満たされて生まれてきたなら、それを享受する。

こんな簡単に生きていけることに、今は、割と満足だった。

二人で入っても持て余す風呂も、手入れを諦めたくなるほど広大な庭も、使っていない部屋を把握しているやつがいるのかも分からないほど広い家も最初から全部、そこにあった。

だからまぁ……それを、楽しもうと今は思った。

お昼を過ぎてから、二人で永藤の家に向かう。大きなリュックを背負う永藤は、うちに住むようになってから眼鏡をかけていない。こいつが眼鏡をかけ始めた理由を知っているから、わたしはなにも言わない。その永藤の視線が上から来るので、「なんだ」と見上げ返す。

「日野が和服をよく着るようになったから、わたしはご機嫌なのさ」

「これは……ま、慣れたら服選ぶの楽だからな」

もう一つの理由は、誰が本人に言うかと流した。

永藤の店の外観は、わたしが子供のころからなにも変わっていない。周りが、時の流れに少しずつ風化していく中で。それが時々、なぜか凄く嬉しい。肉のセール日を知らせる看板を置いている永藤の母親が振り向いて、こちらに気づく。

「あ、帰ってきた」

「凱旋」

うおおおお、とやる気なさそうに腕を上げて母親に立ち向かっていくアホが軽く返り討ちにされて、ぐるぐる回りながら店の奥に入っていく。あいつ、行動が五歳くらいからびっくりするくらい変わらんな。

「おばさん、こんにちは……」

「晶ちゃんも、おかえり」

前より少し白髪が増えたおばさんが、にこにこと、出迎えてくれる。

一拍置いて、笑う。

わたしは日野の子で、それは永遠に変わらなくて、それでも。

「ただいま」

もう二人で入るには狭すぎる風呂、庭なんてない、部屋はかくれんぼもできない。

だけど、心がどっかりと、永藤家に座り込んだ。

『凪藤』、

「このおにぎりまじうまいわぁー、天むすから海老天抜いたような味がするね」

「文句あるなら食わなくていいぞ」

うめうめ、と具なしのおにぎりを嬉しそうに頬張って、永藤が庭を一望する。わたしからすると若干見飽きた自然の集いも、永藤にはまだまだ味のあるものらしい。お昼ご飯に握ってもらった大きめのおにぎりを慌てず堪能した後、二人でお茶を飲んで縁側に座った。

「へい彼女、この後風呂掃除でもどうだい？」

「それ今日のお前の担当だろ。風呂好きなんだからがんばれよ」

「入る、好き。洗う、苦手」

「うるせぇ」

行け、と永藤の乳を横から叩いて激励する。わたしの頭を殴った反動で永藤が立ち上がるのを見届けた後、「ま、暇だからな」と立ち上がってその後ろに続いた。

高校を卒業してからのわたしは、就労することなく家で非生産的に暮らしてきた。生きるために働く、という人生の大部分が最初から省かれていると肋骨の周りがスカスカになったような感覚がある。かといって必要ないのに働くほど意欲もなく。

ま、こういう一生もいいなと考えるようになってきた。

なにも残らないかもしれないが、残らなくても構わないかと思う程度に。

二人で風呂場に向かって、脱衣所で足袋を脱いで、袖を腰ひもでたすき掛けする。永藤は真似しようとしたがそもそも最初から半袖だし、家の中で靴下も穿いていない。結果、足の指を開くところだけ見せつけてきた。そしてそのまま片足で飛び跳ねて風呂場へ向かう永藤にわたしはなにを言えばいいのか。なにも思いつかないので、ガキの頃と変わらない仕草に和んでおいた。

風呂場に入ると木の濡れた、柔らかい香りがする。落ち着いた檜の匂いだ。二人で並んで入っても横幅が大きく余り、なんなら永藤が泳ぐことさえできそうな檜風呂。確かに一人で掃除するのは大変な広さかもしれない。大変だろうとそれが永藤の仕事なのだが。

浴槽の湯を抜く。いつでも入れるように湯が用意されている環境を、永藤は大喜びしている。まぁ確かに、永藤の家は入るときだけお湯を入れるし恐らくそれが普通だ。でもこの家に暮らす連中には普通ではないのだ。なんでこんなに金があるんだろう。

実は日野家のルーツをよく知らなかったりする。わたしには上に四人の兄貴がいるのだが、あいつらに聞くとそれぞれ異なった来歴を語り出すのだ。山賊やって金を集めたとか、空から飛来したものを売って稼いだとか、拾ってきた跡取りががんばって家を大きくしたとか。

ということで、由来ははっきりしない。あるのは確かに広い浴場だけだった。

お湯が抜けた浴槽に下りて人がデッキブラシを構えるのを、遠くで腕組みして見守るアホと目が合う。

なんだその誇らしげなムカつく顔つきは。

「おい、そこの壁の飾り」

「現場監督だが」

「さっさとやれ」

「はい」

満足したように同じくブラシを握って、掃除を始める。永藤はシャワー周りを、わたしは浴槽を磨き出す。足の裏が熱されてむず痒い。でも動く度、ぱちゃぴちゃと足音がするのは少し楽しい。見慣れた風呂場でもお湯が抜けるとまた違う景色があるものだった。

永藤が風呂場の大きな窓を開けると、光の中に庭の木の先端が見えた。

「お湯抜く前に一回入ればよかったのでは」

「お前風呂入ったら仕事しないで寝るだろ」

「そ…そうなんですか⁉」

白々しく驚く永藤を無視して、別のことに思いを馳せる。

「実はそういう傾向があるらしいよ」

「お前に驚かれて考え直してるわけじゃない。何年か前にしまむらも風呂入ったら寝たことがあったな、って」

確か二十歳の誕生日とか言っていたか。風呂に入るか冗談で聞いたら本当に入るのを見て、永藤と似たものを感じた。若干天然というか……まぁ、いいやつではあった。

「しままーとは懐かしい名を聞いた」

「知らねぇ名前なんだけど」

わたしも適当に呼んではいたが。ただ、わたしは覚えたうえで崩しているけど、永藤は本当に忘れていそうだった。

「地元にはいないから、もう会うこともないだろうな」

「なに、しまーまならわたしたちがいなくとも上手くやっていくさ」

「なんだお前は」

そんな目線に立つほどの友達ではなかったぞ。そこそこ話すくらいの、ほどよい学友。

お互いに相手を引っ張り合うこともない、丁度いい距離感。

ま、わたしたち抜きでも上手くやっていくという意見には同意する。

あいつ一人じゃないし。

お湯の残滓から立ち込める湯気に頬と手首が濡れる。動いているとそこにすぐ汗が混じった。

労働の汗だ。散歩で肌に少し浮かぶ汗とどう違うのか、わたしには分からない。

掃除の合間、永藤の様子を時折確認する。やり始めるとちゃんと続いていた。江目さんも

『意外に働いてますよ』と評価していたから、当分はクビにならないで済みそうだ。

　働きぶりを確認するためか、別のお手伝いさんが風呂場(ふろば)を覗(のぞ)いてくる。

「ちゃんとやってる？」

「床が透けるくらい磨く所存です」

　永藤(ながふじ)がブラシを高速で前後させて分かりやすくアピールする。額の汗とか拭い出す。

「サボってたら尻を蹴っ飛ばすから大丈夫だよ」

　本気で言ったのだが冗談と受け取ったらしく、お手伝いさんが軽く笑う。

「ははは」

「お前は笑うな」

　そういうわけで、とお手伝いさんが去る。が。

「代わりましょうか？」

　引き返してきたお手伝いさんが覗(のぞ)き込(こ)み直(なお)して、慌てたように申し出る。

　ごく自然に掃除していたのでわたしを流しかけたらしい。お風呂(ふろ)だけに。うるさいよ。

「いいよ。暇だからやってるだけだし」

「はぁ……奥様には内緒にしておいてくださいね」

　流石(さすが)に怒られるので、と一言残したので「あいよ」と適当に返事しておいた。

「日野(ひの)が掃除したらいかんのかね？」

「お手伝いさんはちゃんと仕事した前提で相応の給料貰ってるからな。その辺を崩すのはよくないんだろ」

「わたしはちゃんと仕事しているのに賃金がないぞ？」

「おにぎりやっただろ」

しかも働く前に。

「うーん、現物支給かぁ」

喋りながら、永藤が壁の端を丁寧に掃除する。遊んでいるようで、実際遊んでいるときは多々あるのだけど、ここで生きていこうとする気持ちはちゃんとあるのが見て取れて。

あーこいつとこうやって一生、この屋敷で暮らすのかなぁと湯気くらいぼんやり想像した。

「掃除終わったら一緒にお風呂入ろうよ」

「ん？　あー、ま、それもいいか」

せっかく綺麗にしてすぐ入るとなんか勿体ない気がして一瞬躊躇しかけた。

でも汗が混じって、湯船に飛び込みたい気持ちが一気に水位を上げた。

「おにぎりと日野を現物支給……まーまーだな」

「悪かったなまぁまぁで」

掃除をちょっとやって満足して、風呂入って夜まで呑気に過ごして。

後は永藤と少し遊んで、布団に入る。

「緩いなぁ、お前といると」

デッキブラシの柄の頭に額をくっつけて、永藤(ながふじ)に感じるものを端的に吐露する。

夏の少し温(ぬる)んだ水たまりに足を浸すようだった、いつも。

「わたしは毎日刺激的だが」

「池の小魚の観察が？」

「超エキサイティング」

飽きもせず続けていることに嘘(うそ)はないと知っていたから。

「……ははっ………」

ぐりぐりと、額に押し当てて。

少しくらい見習うのもいいかもなって、思った。

『ツィツィ』

なぜプールに来る度、アレと遭遇してしまうのだろう。

目を逸らして無視しても一方的に話しかけてきてその上、盛り上がっているのだろう。

「ねぇ話聞いてる？」

「聞いてない」

「最近鳥の鳴き声に凝っててさぁ。なかなかいい線のやつとか聞いてみたくない？」

「話聞いてる？」

「もちろん。じゃあヤマガラの鳴き声いくぜ」

唐突に奇怪な声をあげるものだから、すれ違う人の視線が痛い。私をそれに巻き込まないでほしい。

「どう？　似てただろぉ？」

「ヤマガラの鳴き声なんて聞いたことない」

いやあるのかもしれないけど、鳥の種類にこだわって特定したことがない。

「だからこんな感じなんだって」

もう一回隣で得意げに鳴いてきた。

うるっせぇぇぇぇぇ。

今日もしっかり絡まれている。これを絡まれている以外のなんと言えばいいのか。

そういえば、アレの家に泊まったときに旦那さんから対処法を教えてもらったのを思い出す。

『アレはですね、まじめな話を振ると苦手なので逃げていく傾向があります』

なるほど、いかにもそういう性格と顔つきだった。早速まじめな話……まじめ？　まじめな話ってなに？　いざ考えてみるとなにも出てこない。アレとできるまじめな話とは一体？

アレとは出会いからして適当だったので、昔話さえできないのだ。

鳥よりうるさい隣のアレを睨む。アレは視線を向けられただけで楽しそうだ。

そのアレに対して、お祓いの呪文を試す。

「日本経済について話しましょう」

「いいねぇ！　じゃあ近所のどこのスーパーが一番大根安いかなんだけどさ」

私は即座に己の失敗を悟った。

『もちろんそんなことは生涯起こらなかった』

「たとえばさー、私が人を殺したら埋めるの手伝ってくれる？」

「は？」

ジムのプールの同じコースにバシャバシャ入ってきたアレが、ゴーグルの位置を調整しながら突拍子もない話を振ってきた。概ねいつも起きることで構成されているので、驚きも短い。

「なに、殺したの？」

「もしもの話に決まってるじゃん、やだぁ華ちゃんってすぐ本気にするんだから」

無遠慮に人の肩をべちんべちんと叩いてくる。ついでとばかりに水も掬って顔にかけてきた。

「殺すぞ」

顔を拭いながらお返事すると、ゴーグル越しの目が笑っていた。

「もっと心穏やかに生きなさい」

生きたいよ。誰が華ちゃんだ。

「他愛ない雑談だよ、これ」

「日本経済はもういいの？」

「まだそこ？」

殺すぞ。

「気軽に振ってくる話題からかけ離れているんだけど」

とはいえ普段もどこを飛び跳ねているのか目で追えない話題が次々出てくるので、ある種いつも通りではあった。最近はアレを同じ地球人とは思わなくなった。私にとっては月より遠い場所にいる宇宙人であり、交信を試みてきているのだ。だから会話が成立しないのも当然である。成立しないのになぜ、すぐに見つけては話しかけてくるのだろう。

「いやいつも嫌い嫌い死ねって言ってるからさ、どれくらい嫌いなんだろって思って」

それを確認するための質問が死体埋めとは、どういう感性なのだろう。感性が豊かというより、アメーバ状なのかもしれない。どう叩き潰されても不規則な形を答えにしてしまう。

「がんばって埋めようぜ！」

「なんで埋めるの手伝わないといけないの？　通報するでしょ普通」

「捕まっちゃうよわたち！」

「やったー」

泳ぎ出す。大体、なんで同じコースに来るのだ。凄い邪魔だった。水を掻き分けて極力速く、距離を取るように水中を進む。水の流れの変化を足の指先に感じて、追ってくることを察して速度を上げると、面白がるように相手も同じ変化を伴ってついてくる。なんなんだ、一体。

いわゆるウザ絡みというものしかコミュニケーションを取る方法を知らないのではないかと

思う。他の接し方を知らないという意味では、もしかするとアレは、私と同じくらい不器用なのかもしれない。近頃時々、そう思うことがある。だからと言って親近感は一切湧かない。ただアレのああいった性格や接し方に惹かれるものが一定数いるのは分かる。私は単に不愛想なだけなので、同じ不器用でも周囲に与える印象は大きく異なるのだった。

追いかけるのに飽きた後は、真面目に泳ぐかと思いきやすれ違う際に、人の腕を突っついてくる。思わず水中で溜息をこぼしそうになった。

往復して、ゴーグルを上げて、水の滴りもそのままに待って、戻ってきたアレを睨む。

「小学生か」

「小学生のときはもっと過激な悪戯ばかりしていたので、これでも大人になったんだなぁ」

「しみじみしないで。あと黙って泳いで」

「きみはプールの監視員かい？」

無視してまた壁を蹴って泳ぎ出す。水を切るように前へと進んで、息継ぎに水面から顔を上げると、間近で目が合って驚いて沈みかける。アレが泳がないで私に並走してきていた。中腰で人を上空から見張るように、ばっしゃばっしゃ走ってきてしかも無言なので大変に威圧的だった。息継ぎする度に目が合う。逆側に顔を上げて息継ぎしようとしたら、慣れなくて不自然な泳ぎ方になって気持ち悪かった。

端まで泳ぎ切った後、先に到着していたアレが腕を組んで待ち構えていた。

「喋るなと言ったり怖いと言ったりワガママさんか？」

ゴーグルを一旦外して、溜息を吐く。相手に絡んでいればいつか、なにかが起きるとでも思っているのだろうか。……起きるのかもしれない。なぜか、もう家にいない娘のことを思い出した。

「旦那は案外手伝ってくれないと思うんだよねー。自首するように説得してきそう」

「良識的で結構だと思う」

まだ続いていたんだこの話。アレにしては話題がなかなか移らないので、まさかもよぎる。

「あなた本当に誰か殺してない？」

どんな発想だ、と仰け反るけどいつもこっちが言いたい。どんな頭をしているのかと。

「あるわけないだろ怖いなに聞いてんの」

「私が殺したら華ちゃんが一緒に埋めて、華ちゃんが殺したら私も一緒に埋める。どうよ？」

どうよじゃないけど。

「友達ってそういうもんだべ」

「え？　友達？」

アレがにこーっと、お上品を装うように小首をかしげる。可愛い子ぶった仕草にイラっと来た。

「怖いんだけど」

「華ちゃんはー、私のことき らーい?」

「うん死ぬほど嫌い」

はっきり言いやがった、とアレが楽しそうに笑っている。なになら堪えるのか、本当に。

「そうか。そんな嫌いなら一応確認しとくけど、話しかけるのやめた方がいい?」

「え、今更?」

「本当に嫌ならやめとくよ」

普段の抑揚なく、平淡に真面目な声色と表情で反応を窺ってくるものだから困惑する。

どんな突き飛ばし方をしても跳ね返ってきたやつが、ぺったんと、壁に張り付いて戻ってこない。

「それは……」

歯切れが悪くなり、一瞬でもためらったのを、すぐに後悔する。

電球より騒々しく明るくなるやつが、目の前で表情を明滅させる。

「あ、口ごもった口ごもった! ほんとは友達と思っているんだ!」

「死ね」

「やだ」

何度目だろう、このやり取りも。本当に、益体もないとはこのことなんだろう。

「あなたって、人間としては本当に嫌いな性格している」

でも、友達かと言われたら……なぜか、そちらに近い。

人間関係は、難しい。娘と上手くやれなかった私には、どんな関係でもきっと困難なのだ。

「私は華ちゃんみたいなやつ好きだけどね、辛辣で」

「バカなの？」

「じゃ、埋めるときが来たらお互い快く手伝おうぜ」

「はいはい」

「一人くらいそういう相手が欲しいっしょ」

そうかな、と少し考える。鼻をくすぐる水滴を手で拭って、そうかな、と少し思う。

鬱蒼と夜を包む森の中、雨の少し混じったような柔らかい土を掘り返す匂い。疲労に張り付いてくるようなそれを汗と共に拭った先には、無言で土を跳ね上げるアレの姿。

きっとそんなときでも目が合えば、アレは私に向けて少しだけ笑うのだろう。

その様子を、表情を想像しながら、目を瞑って穏やかに消し去る。

「全然」

口を開くと、塩素の味が下唇を濡らす。

私たちは森ではなく、いつものプールにいた。

『いつも帰るところ』


「ただいまワクをワクワクさせてますぞ」

「もうちょっとだよー……多分」

オーブンを覗いて焼け具合を確かめる。芋と塗った卵黄の焼ける、香ばしさと甘さが鼻に届く。扉のガラス部分に映った顔と目が合い、台所に立つ自分を少し不思議な気持ちで見つめる。

その目つきは、高校生の頃の姉ちゃんに似ている気がした。

「すいーとぽてとにはちょっとうるさめのわたくしですぞ」

「聞いたことない設定ですね」

「ふふふ……今考えました」

おやつは買ってくるのもいいけど、作ってあげるのも楽しそうなのでまずは簡単と聞いたスイートポテトを試してみることにした。工程は確かに単純で、焼き具合に失敗しなければ食べられるものがお出しできそうだ。ヤチーは作っている途中で現れて、ナイフとフォークを握りしめながら待ちわびている。ちなみに今日のヤチーはイノシシだった。うり坊って感じで、なかなかに可愛い。それと背中に子供用のウクレレを背負っている。パパさんことうちのお父さんに買ってもらったらしい。

「お礼？　だそうです」

「なんの？」

「おお、そういえばそこを聞いていませんでした」

　気に入ったのかいつも持っているし、かき鳴らす音もよく聞く。今のところ、演奏には辿(たど)り着(つ)いていない。音を出すのが楽しいだけで、本人に演奏という概念がないのかもしれない。

　ヤチーが演奏というものを見聞きすれば、それをそのまま再現してしまいそうな予感がした。

　ヤチーは字やお絵描きでも、なにかを真似(まね)たようにそっくりそのままのものをお出しするのだ。字はキーボードで画面に打つように一切の乱れがなく、自由帳を開けばそこに目の前の景色を完璧に模写する。大変に真似(まね)が上手(うま)いらしい。顔も誰かを真似(まね)ているらしいし。

　どゆことー、と歌いながらお菓子の様子を確かめて、よさそうと判断する。

「多分焼けたかな」

「おぉー」

　感動を示すようにウクレレも鳴く。

　取り出して、お皿に移したスイートポテトは匂いも上々に思える。結構な数を作ったけれどヤチーなら一人で食べてしまうだろう。お皿を前に置くと、髪から粒子がふわふわ浮き上がった。

　しかし改めて見ると睫毛(まつげ)まで水色だしバシバシで、信じられないくらい綺麗(きれい)だった。美人とか可愛いとかそういうものとは異なる美しさがある。水晶とかそっち系が、柔らかさを覚えてしまったような……矛盾の溶け合う端麗さがあった。

そのこの世にあらざるような美が、スイートポテトをにこにこと口に運んでいる。

フォークで刺すだけで、もう片方の手のナイフはまったく使う様子がない。

「ほほぅ、これをしょーさんが……ほほーぅなお味」

食べる手と口が止まらないので、ご満足していただけたようだ。

こんなにおやつを美味しそうに食べる子は他に知らない。だからついつい、貢いでしまう。

「はい飲み物」

「これはかたじけない」

牛乳の入ったコップを渡すとそのまま勢いよく口へ傾ける。そしてコップを離したヤチーの口元は白い丸が描かれていた。いつものことなので口周りを拭くと、「これまたかたじけない」とかたじけないを重ねてきた。

「しょーさんにはなにかお礼をしないといけませんな」

「お礼ねぇ」

「なんでもできますぞっ」

「んー……」

ヤチーのなんでもは本当にありとあらゆるそのままの意味でなんでもな気はするけど。

でも家ではお皿洗いも任されていないのであった。

「ヤチーがちゃんといつも、ここに帰ってきてくれたらいいよ」

わたしにとって、ヤチーはもう同じ家に住む子だった。急に現れて、そして急に姿を見せなくなってしまったら、わたしはとても寂しい。わたしはこの家と、家族が好きだった。

ここから離れていく自分が想像できない。小学生のときも、高校生になっても。

「ではそうしましょう」

あっさりと、わたしの願いを聞き入れる。それからわたしを見上げて、微笑みを一つ浮かべる。

「ふふふ……しょーさんも少し大きくなりましたな」

もっちゃもっちゃとスイートポテトを堪能しながら、感慨深そうに言ってくる。

「ヤチーは……変わりませんな」

座っていて小さくなったように見えるのは、わたしの背が伸びただけだろう。

「しにせのあじというやつですな」

「ですかな……？」

「前にしまむらさんも同じことを言っていました。そして、そこがいいのだと」

「……そーかもね」

永遠とか無限は、不変だから意味がある。ヤチーはきっと、それと同じものだ。

この星に留まらない、ずぅっと遠くを、或いは終わりのないなにかを内包する、その瞳が。

わたしは、なにより綺麗だと知っている。

「ですが、変わることもあります」

「そうなの？」

「今、しょーさんのお菓子のおいしさを知りました。わたしも大きくなりましたぞ」

フォークに刺した食べかけのスイートポテトを、自慢するように見せびらかしてくる。

「……なるほど、それは大きな一歩だね」

そういう変化が、ヤチーにこの家を居場所として選ばせた。

ときどき、そう信じたくなる。

「しょーさんはいずれもっと大きいものを見つけることになるはずなのですが」

「結構前にも言ってた気がするなぁ。なぁにそれ」

「ほほほ、今はお気になさらず。それより、次はなんでしょうな」

ワクがワクワクしているヤチーの頭を静かに撫でて。

「そーだなー、次はね……」

その宇宙を描く瞳に浮かんだお菓子に一瞬驚いて、じゃあそれで、と笑った。

『ウクレレを背負う宇宙人の物語』


うちの人間がまったく驚きもしないので協調して素知らぬ顔をしているけれど、部屋の中をふよふよと浮遊しているのを見る度に内心、驚愕していた。浮いているから宇宙人というのも安直な発想な気がするけど、いやでも、間違いなく宇宙人がうちの台所に浮いている。

なんか光っているし。

みんなもっと驚かないかな。それなら私も存分に驚天動地できるのだが。

そんなことを思いながら日々、宇宙人を含めて生活している。別段、行動を起こしていないのにいつの間にか娘が宇宙人を連れてきていた。娘の方が宇宙人よりある種ファンタジーかもしれない。その娘が家を離れるほどに時間が経ち、宇宙の子はなぜかまだ家にいた。

今も私の隣に座って、一緒にテレビ観賞している。

今日はカピバラの格好をしていた。そこはかとなく似合っている。

しかし……宇宙人。宇宙人か……宇宙人だって⁉

「ふーむ」

「むむ？」

生きていて宇宙人と遭遇する機会が来ると思わなかったし、そもそもいるかどうかも疑わしく感じていた。しかし現実は当たり前のように馴染んで居間に宇宙人を受け入れている。まさか水色に光っている女の子の外見で現れるとは思っていなかった。宇宙人といえば触覚はあるだろうという謎の確信を持っていたので、見当たらないのが少し拍子抜けだった。

しかしこの子がいてくれたお陰で、下の娘は大分救われているのだと思う。姉妹仲が良かったから姉が家を出ていって気落ちしたのは想像に難くない。そこを、この宇宙の子の無邪気さが掬い上げてくれた部分はきっとある。本人も意識していたのか、抱月がいなくなってからしばらくは下の娘にずっとくっついてうろうろしていた気がした。

宇宙人にも異星の人情や機微を解する心は備わっているのかもしれない。

実は別に深い考えなどなかったのかもしれない。

「んー、どうかなー」

「どうでしょうねー」

ほっぺを横に伸ばされながら、水色の髪が光の粒を散らす。

娘によくしてもらっている以上、親として礼を欠かさない方がいいかもしれない。

あと、宇宙人に友好の意を示す贈り物などしてみたい気分でもあった。

なかなか他の人にはできない体験に、やや心ときめく。

「今からお時間はあるかな？　お礼をしたいのだが」

「ふふふ……意外とありますな」

それは僥倖、ともうちょっとほっぺを伸ばした。

宇宙の子を連れ立ち、まだあるのだろうかと調べもしないまま、古い知識でおもちゃ屋に向かった。お城のような外見の古いおもちゃ屋は娘が幼いときに行って以来だったけれど、駐車場の白亜の壁を若干薄汚れさせながらも健在だった。思い出の場所が今もこうして残っていると、なんとなく嬉しいものだった。

「欲しいおもちゃはあるかな？」

「わー」

おやつが好きなので食べ物でもいいかなと思ったが、たまには形に残るものでもいいだろう。カピバラが軽快に店内を動き回る様子を眺めていると、抱月の子供の頃を思い出す。下の娘は小さいときから大人しかったので、その無警戒に腕を広げて、世界を満喫するような仕草はやはり抱月に似ていた。

妻がスーパーに行くとき宇宙の子を連れて行くのも、分からなくもない。

「お好きなのをどうぞ」

「ではこれをいただきましょう」

宇宙の子が背伸びして手に取ったのは、子供用の小さなウクレレだった。

持たせてみるとそこはかとなくカピバラに似合っていたので、よし、と決めた。

「ありがとーございます。音が鳴るものはたのしーですな」

「ははは、いやなになに」

「お礼になにかしてほしいことはありますか？」

帰り道も背負ってウキウキと歩く宇宙の子が、そんなことを言ってきた。

「してほしいことかぁ……」

家に住み着いてから特になにもしていない様子が印象深くて、パッと出てこない。

ので、親として小さな願いを託す。

「じゃあこれからも、娘たちと仲良くやっていってくれると嬉しいですな」

つい語尾が移ってしまう。

「もちろんですぞ」

快く返事をしてから、ふふふ、と宇宙の子が笑う。

「しまむらさんの家の方はみなさんうすあじですな」

「うすあじ？」

「ほほほ、よいお味です」

なんの例えか汲み取りづらいが、高評価ではあるようだった。

来る前にうすしお味のポテチを二人で食べていたのは恐らく関係ない。と思う。

「あ、それとできれば私や妻にも懇意にね……」

「まぶですぞ」

ぽんぽんとお腹を叩くカピバラに、よし、ともう一度思った。

宇宙人と友好を結んだことを誰かに自慢したいが、できる相手がいないのが残念だった。

かくして、ウクレレを背負う宇宙人の物語がここから始まるのだった。

……のだろうか？

Overture

汽笛が、少し遠くから響いてくる。

そろそろまた出発するらしい。少し長居して買い物しすぎただろうか。彼女と顔を見合わせて、二人で緩い下り坂を走り出す。手足が自分のものではないように軽く振れるのは、旅行の高揚が働いているのだろうか。

こっこっこって、軽快に道を踏む音が二つ、時々重なる。

彼女と手を繋ぎたかったけれど生憎荷物がいっぱいで、船の甲板に戻るまでお預けだった。

異国の情景が駆ける身体に合わせて上下に揺れると、夢に見る景色のようだった。

昼の日差しに焼けたように、建物と地面がやや黄色く映る。

元いた土地とは違う砂の匂いがしていた。

「けっこう、遠くまで来たね」

走りながら私が言うと、彼女が「そうだねぇ」と空を見上げる。

青色が濃く、雲が滲む。無音で静かに見上げるのが似合う、そんな空だった。

「まだまだ行くよ」

「うん」

「次はどんな国がいいかな」

「　　と一緒に、笑える場所がいい」

「じゃあどこでもだ」

枠を取り払ったような、満面の笑み。彼女の白い歯に、頬が、震えた。

「そうだね」

出発を待つ添乗員に怒られないように、足を速める。

手も繋ぎたいから、私の方が少し、張り切っていた。

蟬が鳴いているので、夏だと最初に気づいたのは耳だった。

寝苦しさを訴えるように、除けたタオルケットがベッドの脇で皺くちゃになっている。額の寝汗と髪を掻き上げながら息を吐くと、肩がベッドに更に沈んでいくようだった。

ゆるゆると目が覚めていくものの、すぐに起き上がれない気だるさがある。体調不良を招いた原因に心当たりはないけれど夏風邪でも引いたのだろうか。外は既に日が高く昇り、薄いカーテンの向こうで建物の金属部分が強い光を反射している。その光を嫌うように、手でひさしを作った。

確か休日ではないと頭の片隅にあったので、いつまでも寝転がってはいられない。

隣を見る。

当たり前だけど、私以外に誰もいない。でもその当たり前の確認が、なぜか息苦しかった。

なんとか起き上がり、寝室を抜け出してキッチンに向かう。冷蔵庫を開けて水を飲むと、気だるさも幾分か治まる。水分不足だったらしい。落ち着くと、滲んでいた蟬の鳴き声がはっきりしてくる。髪を伝うように下りてくる鳴き声を頭ごと払った後、コップを流しに戻した。

コップが三つ用意されていることに違和感を覚えて、耳たぶの裏を叩くようなノイズが挟まる。ここととまったく別の場所を垣間見て、だけどそれがすぐに視界から流れていく。一度目元を押さえてから顔を上げると、いつもの家の景色があるだけだった。耳たぶに引っかかっている端くれを指で払い、冷蔵庫を閉じる。溜息がまた、気だるさを呼び戻しそうだった。

少し時間を挟むと、気分と身体が沈みを纏う。暑さ以外のなにかが働いて重苦しい。ソファーを一瞥して、座ったらもう立ち上がれなくなりそうな予感がした。でもその空白のソファーを見つめていると、じわじわ、なにかが迫り上がってくる。それは段々と人影のように集い、一瞬、息を詰まらせた。胸の奥まで留まることなく、突き抜けていくなにかがあった。

風穴の音が、耳に届いている。

ソファーの人影らしきものが消えてから、頭を振る。

呑気に部屋を見つめている時間はない。多分。

出かけなければいけないという意思が先行する。眠気のような疲れを振り切ることはできず、背負ったまま玄関に向かった。寝不足というわけでもないのに、この違和感のような疲労はなんだろう。

靴を履いてから、誰も出てくるはずのない廊下を振り返る。

つけてもいない明かりを消灯するように、一度目を瞑(つぶ)ってから家を出た。

「じゃあこっちとこっちなら、どっちが好き？」

「んー……こっち」

ほんのり生地に甘い味付けがされている方のパンを選ぶと、「なるほどね」と彼女がそのパンをちぎって、口元に運ぶ。確かめるようにゆっくりと咀嚼(そしゃく)して、「うん」と飲み込んだ。

ホテルから少し坂を下って、大きな通りから一本外れた市街地の途中で見つけたパン屋では香ばしく、そして少し懐(なつ)かしい空気を感じられた。前の旅行でも、地域は違えどもこんなパン屋に寄った気がした。買ったパンを外のテーブルで食べていいとのことで、朝食をそのまま日の下で取っていた。

「なるほど、こういう系ね。チーズ系。で、チーズがちょっと甘いのかな」

「果物の風味があるね」

彼女は最近、私にこうやって味を尋ねることが多い。食べ比べさせて、どっちが好きかと。

私は味に関心が薄いのは自覚しているけど、聞かれたらちゃんと味わって、答えることにしている。

「　の好みを知りたいだけだよ」

擦れたように乾いた色合いの壁を背景に、彼女が私の瞳に浮かぶ疑問に答える。

「それを理解できた方が、　を喜ばせられるし」

十代の彼女だったら、きっと口にはしない、素直な動機。

濾過（ろか）されたような、ざらつきのない願いの触り心地に震える。

「旅行先で色んなものと、色んな　を見る。ほら、いい感じ」

指を二本立てた彼女がそれを躍らせて、屈託なく笑う。

笠（かさ）を被（かぶ）ったように雲の向こうに隠れた朝日と空が、その優しさに滲（にじ）む。

彼女は、優しくなった。いつかの頃よりずっと、それを感じる。

正確には、秘めた優しさを隠さなくなった。私もまた、彼女に隠すものはもうない。

ぶつけていいのだと、そのすべてを信じられた。

私は世界で、彼女以外に関心を持てないそんな生き物のまま一生を過ごすつもりだったけれど。

彼女が私を知ろうとしてくれることに、応えたい。

好きになっていこうと思う。私の好きなものを喜ぶ、彼女を見るために。

鳥が鳴いていた。鳴き声は、金属の筒を捻るような、甲高いものだった。

近くの屋根から聞こえているらしく、音の位置が高い。それに引っ張られるように、ベッドに手をついて起き上がる。ああまただ、って同じ天井と壁を確認してそのまま倒れた。

起きたところで、なにも変わらない。変わらないことが、この空間の意義であるように。

眠くはなく、ただ億劫だった。竹筒の水ようかんのように、ぬるりと気力が抜け落ちていく。なんでこんなに活力というものが削げ落ちているのか分からないけれど、疑問を引きずるほどの力さえない。このまま永遠にここで横になっていることも、今の私なら不可能には思えなかった。じわじわと手のひらから抜け出していくものが時々、血液のように錯覚する。

起きても、やることはないのだ。

家を出ると、気づけばこの寝室に戻っている。それを何度繰り返したかもぼんやり把握できていないけど、いつの間にか季節が進んで、夏と蟬がどこかに消えていった。同じ時間を繰り返しているわけではない……のかもしれない。でも異様な状況の中にいるのは間違いなかった。子細を把握できていないけれど私はもう、普通ではないみたいだった。

その普通に戻ることができたら……漠然と、幸せを遠くに眺めるような気分になる。

遠くて、壁があって……行き方が分からない場所にある幸せを。

どこかへ行かないといけないのだけど、その行き先が思い出せない。いや、本当に行くべき場所なんてあるのだろうか。そこを考えると、記憶がごっそり抜き取られたような空白に向き合うことになる。頭の中身が長方形に切り取られて、思考を遮られる感覚が据わりが悪い。

私は、欠けている。軽々しく、外の風に吹かれたら飛んでしまって、二度と戻ってこられないような……そんな弱々しい存在になってしまった気がするのだ。だからこの場所が私を留めているのではなく、この場所に自分がしがみついている。

そんな感覚がある。

私は……どうなったのだろう。いつもの部屋のようで、ここは、なにかが足りない。

そのなにかは季節を無視して、私をただ暖かくしてくれる。そんな確信がある。

しかしそれがなにか、どうしても思い出せない。

この部屋のどこに、それに繋がるものがあるのか……その判別もつかないのだ。

だけど思い出そうとするだけでも、荒涼が心に宿る。

どれほどの時間、ベッドの上で過ごしたか分からないけれどほんの少しの寂しさが、私を起き上がらせる。微かに冬を帯びた空気に秋の端っこを感じる。冷たくなってきた床を踏みしめて、リビングを経由して玄関へと向かう。途中、ソファーや台所に振り向くと期待したような記憶の再現もなく、ただ薄暗い空間が私を出迎えるだけだった。

確かになにかがあって、でも今、ここにはそれがない。

ないことがとても寂しくて……そして、矛盾するけれど、安堵もあるような……変わった寂寞だった。冷たい銀の筒を撫でるような、不思議な感傷と共に部屋を離れる。

靴も履かないで下りて、ドアノブに手をかける。

出たところでどこにも行けないのを知りながら、私はまた扉を開いた。


「　　　はさ、北と南ならどっちに行きたい？」

旅行から帰ってきて一週間くらい経ってから、そんなことを聞いてくる。

彼女の手には、前に二人で読んだ旅行雑誌があった。

「　　がいる方」

「それは左」

同じソファーに座っている彼女を横目で見た後、少し考えて。

「　　は寒がりだから、南かな」

「それもいいね」

ちなみに前も南国へ行った。でもまた行ってもいいと思う。

思い出も、体験も、色濃く、滲むほどに記憶に残る。

彼女は行きの空港の雰囲気が好きだと言っていた。帰りはそうでもないらしい。

でもそれは、なんとなく分かる感覚だった。

「また旅行のお金貯めないとね」

「節約しないと。でも、目標があると倹約してもわくわくする」

「うん」

また分かる気持ちがある。一緒にいる間に、そういうものが増えてきた。

それを集めて机に石を並べるように、記憶に飾って眺めるのが、今の私の趣味だった。


誰かと、ここでない場所で話した気がする。

当たり前だったはずの毎日へ一瞬だけ戻ったように、誰かの隣に帰った気がした。

ありがとうと言われた。

思い出さなければいけない温かいものがそこにはあった。

その余韻に浸ろうとしても、離れていく波紋を追いかけるような気分で探しても、残るのはとても寂しい、今の私の現実だけだった。

なんの鳴き声もないまま、雪でも積もるように静かに、寒々しかった。

冬が訪れているらしい。布団も被らないでベッドに転がっていたら、手足が凍るように冷たくなってくる。羽織るものを探そうとベッドからずるずる落ちて、床に転がる。床は更に冷え切っていて、肌が触れていると張り付いて動けなくなりそうだった。

　起き上がり、床に屈んだまま腕を抱いていると、自分がなにかを失ったことを強く実感する。それは私自身の喪失でもあり、もっとも近くにいたものをなくしたという両面からの亡失だった。息を吐くと、臓器の一部が抜けたように、身体から深々となにかが流出する。

　始まりは夏だった気がするから結構な時間が経っているらしい。

　冬が来ると、更になにかをなくした気持ちが強まる。寒いから心細くなるのだろう。

　ここでじっとしていても、冬を越えられる自信はなかった。

　そして冬が終わらなかったら、もうここに留まることもできない気がした。

　時間は、無限じゃない。ここに永遠はなく、なにかが迫ってくる。

　感じながら、寒くて、動けなくて。

　どれくらい、また時間が経ってしまったのだろう。

　抱いた腕が、氷を解かすように震える。

　無音の耳鳴りを除けるように、音が聞こえる。

　近くの公園で帰宅を促すときに流れる童謡だった。日が沈むのが早くなるにつれて、流れる時間が前倒しになっていく。冬は午後四時にもなれば流れる。今は、そんな時間なのだろうか。

　いつもの放送でのそれと違い、誰かが演奏しているようだった。弦楽器の奏でる音色が、窓の向こうから届く。誰かが演奏している、誰かがいるということ。私以外にも人間がいる。

人恋しさはないけれど、首が窓側に少し傾くくらいには意識する。

聞き覚えがある、と腕を抱く力を強める。前に、ここで同じ楽器の音を聞いたことがある。

誰かが弾くのを聞きながら、その童謡について、別の誰かと話した。

そんな記憶が、頭の隅でころころと音を立てていた。

『これ聞くと、帰らなきゃって気になるの不思議だよね。昔、うちの近所では流れてなかったんだけどなぁ』

『私は……あまり外で遊ばなかったから印象ないかも』

『あと夕焼けを連想する。どこで印象づけられたんだろうね』

『歌詞に入っているから……?』

『なるほどそのとおり。答えは近いところにあった』

『夕焼けは……うん、確かに思い浮かべるかも』

『好きだけどなんか、寂しい気分になる歌だよね』

『帰るって、寂しいことかな……?』

『んー……手を繋(つな)いで帰るなら、寂しくないかも?』

『あ、それじゃあ、ほら……にぎにぎ』

『あは、ここからどこ帰ろうね』

『じゃ、じゃあ……もうちょっと近くに行く、とか』

だって私の帰る場所は。

ああ、そうだ。

声と、姿と、笑顔と、愛と、輪郭と、涙が。

後から後から、泉のように湧いてくる。

ここにはないものがある。なにものにも代えてはいけない、大事なものが。

頭が痛くなるくらい、目からぎゅうっと、涙が溢れた。

ここは、とても似ているけれど、私の帰る場所じゃない。

「帰らないと」

立ち上がる。気だるさなんてもう感じている暇がない。

私の帰る場所は、彼女がいるところだった。

やっとそれを思い出す。はっきりと、彼女の存在を。

生きることのすべて。自分を満たすすべて。それほどの相手だった彼女を。

私が、彼女を忘れるなんて。

そういうことになってしまうから、終わりというのは絶対的で、どうしようもなくて、硬くて、重くて……でも、思い出せた。些細なきっかけから、思い出が私を引っ張り上げてくれた。

だから、思う。生きてきてよかったって。

たくさんの思い出があって、よかったって。

作れるほど彼女と、ずっと一緒にいられてよかったって。

でも帰れるのだろうか、私は。

帰っても、いいのだろうか。

分からないけれど、彼女に、会いたかった。

誰かがあらかじめ用意でもしていたように揃った靴を履いて、部屋を出る。気づいたらベッドに戻っていることもなく、前に進むと、足首まで雪に埋まった。凍えるような冷たさが口の中にまで溢れてきそうなくらい、急速に迫ってくる。

部屋の外は廊下なんかじゃなく、雪の降り積もった道だった。

色んなものが雪にまみれて真っ白で、方角も分からないけれど歩き続けた。

音のする方に、足を動かし続けた。

音は歩くにつれてどんどん大きくなり、風船のように膨らんだそれが、やがて割れて。

消える代わりのように。

雪はいつの間にかわずかに色づいて、舞い上がると花びらに変わっていた。

匂いが変わる。鼻を詰まらせるような強い冬の空気が、溶けるように丸く、暖かくなる。

雪が消えた先には、公園があった。見覚えのある、小さな公園。そこから少し離れた散歩道を私は歩いていたらしい。散歩道は、満開の花がベンチを覆う屋根のように広がっていた。

無限に生まれては散っていくような、穏やかな花びらの群れが肩や頭に降りかかる。

その花の名前を、かつて授かったものを思い出す。
私が親から与えられて、最初から最後まで持ち続けた、たった一つのものを。
桜が、咲き誇っていた。

◉入間人間著作リスト

嘘つきみーくんと壊れたまーちゃん
1〜11、『i』（電撃文庫）
電波女と青春男①〜⑧、SF版（同）
多摩湖さんと黄鶏くん（同）
トカゲの王I〜V（同）
クロクロクロック シリーズ全3巻（同）
安達としまむら1〜12（同）
安達としまむらSS1、2（同）
安達としまむら99・9（同）
強くないままニューゲーム1、2（同）
ふわふわさんがふる（同）
虹色エイリアン（同）
おともだちロボ チョコ（同）
美少女とは、斬る事と見つけたり（同）
いもーとらいふ〈上・下〉（同）
世界の終わりの庭で（同）
やがて君になる 佐伯沙弥香について(1)〜(3)（同）
海のカナリア（同）
エンドブルー（同）
私の初恋相手がキスしてた1〜3（同）

人妻教師が教え子の女子高生にドはまりする話（同）
探偵・花咲太郎は閃かない（メディアワークス文庫）
探偵・花咲太郎は覆さない（同）
六百六十円の事情（同）
バカが全裸でやってくる（同）
僕の小規模な奇跡（同）
昨日は彼女も恋してた（同）
明日も彼女は恋をする（同）
時間のおとしもの（同）
彼女を好きになる12の方法（同）
たったひとつの、ねがい。（同）
瞳のさがしもの（同）
僕の小規模な自殺（同）
エウロパの底から（同）

砂漠のボーイズライフ（同）
神のゴミ箱（同）
ぼっちーズ（同）
デッドエンド　死に戻りの剣客（同）
少女妄想中。（同）
きっと彼女は神様なんかじゃない（同）
もうひとつの命（同）
もうひとりの魔女（同）
僕の小規模な奇跡（アスキー・メディアワークス）
ぼっちーズ（同）
しゅうまつがやってくる！
－ラララ終末論。Ｉ－（角川アスキー総合研究所）
ぼくらの16bit戦争　－ラララ終末論。Ⅱ－（ＫＡＤＯＫＡＷＡ）

本書に対するご意見、ご感想をお寄せください。

ファンレターあて先
〒102-8177　東京都千代田区富士見2-13-3
電撃文庫編集部
「入間人間先生」係
「raemz先生」係
「のん先生」係

本書は、カクヨムに掲載された『安達としまむら四方山話』を加筆・修正したものです。

電撃文庫

安達(あだち)としまむらSS2

入間人間(いるまひとま)

◇◇◇

2024年11月10日　初版発行

発行者　山下直久
発行　株式会社KADOKAWA
〒102-8177　東京都千代田区富士見2-13-3
0570-002-301（ナビダイヤル）
装丁者　荻窪裕司（META＋MANIERA）
印刷　株式会社暁印刷
製本　株式会社暁印刷

ISBN978-4-04-915982-0　C0193　Printed in Japan

電撃文庫　https://dengekibunko.jp/

電撃文庫DIGEST　11月の新刊

発売日2024年11月8日

デモンズ・クレスト3
魔人∽覚醒

著／川原 礫　イラスト／堀口悠紀子

デスゲームの舞台と化した《複合現実》からの脱出を目指す、雪花小六年一組。だが、クラスに潜む《裏切り者》の襲撃により、仲間たちは次々と石化してしまう。事態を打開するため、ユウマは再びAMの世界に赴く！

安達としまむら12

著／入間人間　イラスト／raemz
キャラクターデザイン／のん

「う、海……は、広いね」「いいよ。来週くらいに行こうか」「来週、ですか……」垂れ下がった耳と尻尾が見えるけど、こっちも準備が必要だ。水着とか。彼女に可愛いとこ見せたい気持ちはわたしだってあるのだ。

安達としまむらSS2

著／入間人間　イラスト／raemz
キャラクターデザイン／のん

安達と暮らし始めてしばらく。近々わたしの誕生日だ。「あ、チャイナドレスは禁止ね」「えっ」「あれはクリスマス用だから」二人だけの行事が増えていくのは、そう、悪くない。

魔王学院の不適合者16
～史上最強の魔王の始祖、転生して子孫たちの学校へ通う～

著／秋　イラスト／しずまよしのり

銀水聖海を守る大魔王の寿命もあとわずか——災厄の大本である《絶渦》を鎮めるべく動き出したパブロヘタラだが、新たな学院の加盟が嵐を呼ぶことに——!!

私の初恋は恥ずかしすぎて誰にも言えない③

著／伏見つかさ　イラスト／かんざきひろ

「ワタシの彼女にしてやってもいいぞっ！」高校生の姿になった夕子が、千秋に猛アプローチ。新たな恋愛実験が始まった。もちろん楓やメイが黙っているわけもなく——恋愛勝負の舞台は夏の海へ！

組織の宿敵と結婚したらめちゃ甘い3

著／有象利路　イラスト／林 けゐ

元宿敵同士だった二人は今は毎日イチャあまを繰り広げるラブラブ夫婦！　そんな彼らの次なるお悩みは——夜の営みについて!!　聖夜が迫る十二月、いまだ未経験な二人は『幸せな夜』を勝ち取れるのか？

蒼剣の歪み絶ちⅡ
色無き自由の鉄線歌

著／那西崇那　イラスト／NOCO

死闘を終え、アーカイブを運命から解き放った伽羅森はどこか燃え尽きたような日常を送っていた。そんな彼が出会ったのは、誰にも認知されない歪みを持った少女・由良。彼女は「バンドをやりたい」と告げて……？

よって、初恋は証明された。
新作 **-デルタとガンマの理学部ノート1-**

著／逆井卓馬　イラスト／遠坂あさぎ

日陰の似合う男・出田樟と、日向の人気者・岩間理桜。名前を読み替えると【デルタとガンマ】。そんな二人は大の科学好き。これは科学をもって日常の謎を解く物語であり——とある初恋を証明するまでの物語である。

新作 俺の幼馴染がデッッッッかくなりすぎた

著／折口良乃　イラスト／ろうか

幼馴染と久しぶりに再会したら……胸がとんでもない大きさに成長していて!?　「ボディーガードになってよ！」と頼まれたことから、デッッッッかすぎる幼馴染と過ごすドキドキな日々がはじまった——！

新作 ヒロイン100人好きにして？

著／渋谷瑞也　イラスト／Bcoca

学園一の天才・空木夜光には深くて浅い悩みがある。それはどんな難問でも解けるのに、女心は全く分からないこと！　そんな彼の元にある日突然魔女・ベルカが「100人恋に落として救え」と押しかけてきて……!?

新作 新しくできたお姉さんは、百合というのが好きみたい

著／アサクラネル　イラスト／かがちさく

親の再婚で、ある日突然義理の姉妹になった春夏と沙織。2人暮らしをする中で沙織は本百合という秘密を言い出せず、「家族」になった春夏との距離感に葛藤する。果たして姉妹のカンケイの行方は——？

【画集】

新作 かんざきひろ画集　Home.

著／かんざきひろ

電撃文庫『俺の妹がこんなに可愛いわけがない』『エロマンガ先生』『私の初恋は恥ずかしすぎて誰にも言えない』のイラストを担当するかんざきひろ氏の画集第3弾！

My first love partner was kissing

私の初恋相手がキスしてた

[Iruma Hitoma]
入間人間
[Illustration] フライ

私の家に、ある日彼女がやってきて――

STORY

うちに居候をすることになったのは、隣のクラスの女子だった。
ある日いきなり母親と二人で家にやってきて、考えてること分からんし、
そのくせ顔はやたら良くてなんかこう……気に食わん。
お互い不干渉で、とは思うけどさ。あんた、たまに夜どこに出かけてんの?

電撃文庫